译文纪实

IN CONTROL
Dangerous Relationships and How They End in Murder

Jane Monckton Smith

[英]简·蒙克顿·史密斯 著　　尹晓冬 译

致命爱人

家庭凶杀案中的两性关系

上海译文出版社

我何其幸运还能拥有我的孩子，并非人人都有这一特权。

纪念明妮·奥伊弗·韦斯特比（Minnie Aoife Westby，2018年1月26日—2020年1月21日）

目　录

前言

凶杀时间轴

她为什么不愿意上救护车?

当我们到达指定地址时，刚好是晚上八点，天黑透了，这是一幢维多利亚风格的建筑，被分割成了几套公寓。救护车闪烁的蓝色警示灯亮晃晃的，穿透雾蒙蒙的夜雨，照亮了房子敞开的前门，给静谧的郊区街道带来了一股令人不适的惊疑气息。

我那会儿是一名刚获得资格的警员，还在执行头几个礼拜的巡逻警务，与我的主管警长[①]一起接警了一个 999 电话。我们就快要结束漫长而艰苦的轮班，预计在当晚十点左右下值。我们走进那幢大楼时，唯一所知的就是有人报告了一起袭击。我清楚地记得一位经验老到的探长对我的告诫，我会接到的最危险的电话是所谓的“家庭暴力事件”。这位探长就在接了此类电话后受了重伤，我一边想着这件事情，一边死死地盯着光线昏暗的电梯间。

我们爬上二楼，步入了一间清冷、整洁公寓的起居室。对我而言，与这位年轻的红发姑娘那空洞、直勾勾的眼神相比，家具与装潢都有点儿模糊不清。她很有可能不到十八岁，一言不发地坐在一张椅子上，被救护车上的医护人员包围着。她被一把可以碎石子的重锤砸到了头。她的男朋友——也就是袭击者——在我们所有人抵达之前，逃离了现场。这位姑娘一个劲儿地望着地板，沉默，一动不动。鲜血顺着她脖子后面滴落，流到了地毯上。医护人员正试图说服她和他们一块儿去医院就诊，可是她无声地拒绝了，没有什么能劝得了她。

身为一个年轻女子——我自己刚刚二十岁，才从警察培训学校新鲜出炉，我就站在那里听着，困惑不已。我没法明白为什么有人会拒绝医学治疗，尤其在生命正处于危急关头时。

我们的对讲机发出静电滋扰的噼里啪啦的杂音，打破了我们好像可以一整晚站在那儿劝说她去做点儿什么的假象。我们看得出来，她没有丁点儿打算帮我们去投诉那个袭击她的人。因此，我们把她留在那儿了，孤身独坐，注视着血迹斑斑的地板。我们去处理那些愈发急迫的事情——我，警长，还有医护——都无能为力，沮丧不已。

“为什么？”我记得我问了警长，“她为什么不愿意上救护车？我理解不了。”

“习惯吧，”警长叹息着答道，“*她们就是*这个样子的。”

他所说的*她们*，是指家庭暴力的受害者。他不是一个冷情冷心的人：家暴受害者的行事做派和“正常”人不同，这种看法并不是由于缺乏同情心，而实在是他拥有太多次家庭暴力接警的经验。他习惯了看到受害者拒绝救助，太多了，一次又一次。他像他之前和之后的许多人一样，假定作为一个成年女子，她有能力也可以选择站起来离开。他很可能还以为，站起来离开会使她从家暴和施暴者那里解脱出来，使她获得自由与安全。所以他认为这个人，以及别的跟她一样的人，并不像任何正常人会去做的或者理应去做的那样行事。

那一夜之后，我再也没有见到那位年轻的姑娘，可是我从未忘却她。我询问警长的那个问题——我感觉那个问题并没有得到回答——

---

① 警长（sergeant），在英国警务系统中，其警衔比警员略高一级，是最低级别的有监督管理权的警察，也是一线执勤的主力。——译者
本书所有注释，若无特殊说明，均为译者注。

从那以后一直在我脑海里徘徊。我打心底里知道——我也希望如此——待我们一离开，她就会照料好自己，止住流血，吃几片止痛药；或许到最终，哭了出来。

她为什么拒绝救助，我想知道这个问题的答案。我知道她其实在意自己，她是正常的。在这个异乎寻常的夜晚，这位年轻姑娘十分“幸运地”活了下来。我不单单是指重锤的敲击有可能会杀死她——毫无疑问是很有可能的。我是说，她的男友本可以确保她在那个晚上死翘翘。

*

我是在20世纪80年代初期加入警察队伍的，就在1975年《性别歧视法》颁布之后。这是一个巨变的时代。在那之前，女性警员被隔绝在她们的男性同事之外，警衔结构、职责和部门都是分开的。像我这样的女性警员刚开始和男性一起肩并肩地执勤。然而，性别歧视依然根深蒂固，个别警队仍然围绕女性警员可以做什么、禁止做什么来制定规则。比如说，我的警队不允许我介入社会治安警务；我也不能加入警犬队（我一直以来的梦想）和武警部门。但我确实可以独立巡逻，而且每一轮值班都有两位女性警员。这是一个传统和现代相互冲撞的时代，我既享受着（缓慢出现的）机会平等带来的好处，也忍受着区别对待所给予的挫折。

有一些女性警员抱怨这种变化：她们预见了某些问题。在她们看来，取消女警部门会导致某种权力和影响力的丧失，她们质疑在新的体系里女性受害者是否能得到公平的对待。性别歧视的文化并非全然由男性维护：当女性进入混合执勤之时，男性文化仍然占据主导地位，向诸多女性警员反复灌输盛行的官样做派。

我切近地观察过女性被评判、被定论的方式，无论是作为受害者还是作为专业人士，我也看到了这些推断的影响。听我的同事们谈论家庭暴力和强奸指控是怎样的情形、该怎样应对，是一种残酷的性政治教育。它对我产生了深远的影响，也使我初次对我们为暴力辩护的方式感到不安。这种不安持续了我的一生。我决心研究凶杀就萌发于这种不安之感。我们为杀人开脱和辩白的方式只会鼓励而不是阻止暴力。

绝大多数的谋杀案可以归结于两大类：一类是在暴力冲突中杀死他人的男子；另一类是故意杀害他们的伴侣或前伴侣的男子。这两类人群在每一个国家、每一年的凶杀案统计中都占主导地位。“亲密伴侣凶杀案”——最大类的凶杀案之一——在全世界导致了大量死亡，其中主要是女性。联合国毒品和犯罪问题办公室（UNODC）2019 年报告称，在 2017 年有八万七千名女性被蓄意杀害，其中一半以上是被伴侣或家庭成员所谋杀。这些数字反映了记录在案的凶杀，不过实际数值要高得多，到处都是。厌女凶杀（Femicide，因为她们是女性而遭到杀戮），是一个严重的公共卫生与刑事司法问题。根据联合国毒品和犯罪问题办公室的报告，男性犯下了所有凶杀案中的百分之九十，不过他们也占了受害者的百分之八十左右，这一统计数据从历史来看是稳定的。然而，在亲密伴侣凶杀案中，女性却构成了受害者的百分之八十二，而大多数的杀人犯则是男性。至于杀害伴侣和丈夫的女性数量，则要低得多。性少数群体[①]关系中的凶杀案也以男性罪犯为主（比如，来自美国的数据显示，在 2013 年，被男性伴侣所杀害的男同性恋，占了全部性少数群体亲密伴侣凶杀案受害者的百分之七十六；在英国，约有百分之五十的男性亲密伴侣凶杀案的受害者是被另一位男性所杀死的）。这些数据实际上告诉我们，对于男性来说，危险极有可能来自另一位男性；而对于女性，则是与她有或曾经有亲密关系的男性。

---

① 性少数群体（LGBT＋），包括同性恋、双性恋、无性恋、跨性别、间性人等人群。

由于男性更可能是凶杀暴行的施暴者，他们杀害女性也杀害其他男性，因此这种暴行是以男性的话语来谈论，也往往是以此得以辩护的。在这些事件中，女性与儿童仅仅被视为配角，他们的角色同样地被简化了，用受害者有罪的修辞取代了全部的复杂性。这一倾向主导了我们的刑事司法系统，尤其是在主要是由女性承受的暴力类别中。据称，没有比强奸和家庭暴力更难起诉的罪行了。正是在这样的语境下，大多数针对女性的凶杀案都是事出有因的，因此家庭暴力是理解女性谋杀案的核心。

最初对那位沉默地坐在椅子里并且拒绝上救护车的姑娘的出警，仍然是我写作的一切核心，也是我完成每一项分析的焦点——因为她的行为，还有她男友的行为，都是理解家庭暴力、情感操纵（coercive control）[①] 以及亲密伴侣凶杀案的基础。

从那一夜到现在已经三十年过去了，如今我是一名公力救济[②]领域的教授，正在为法医撰写一位女性的死亡报告。在这个职位上，我开展工作与研究，以帮助执法与刑事司法系统更好地理解暴力犯罪，并设计出我们可以打击这种暴力犯罪的方法。我的专长在于凶杀案，尤其是亲密伴侣凶杀案。我的工作相当多样化，包括帮助警察以及其他专业人士评估威胁与风险，为内政部（Home Office）做凶杀案流程审查，协助警方进行调查和追溯悬案，以及为更有效地遏止凶杀案而设计干预措施。这还不包括我的研究和演讲，以及我为因凶杀案而痛失至亲的家庭所做的工作。

我替法医调查的案件是关于一个女性的死亡的，她几次三番地指控在丈夫手中遭受了可怕的控制和暴力，随后自杀了。她曾经一再地

① 亲密关系中的情感操纵是指以感情为武器，支配和胁迫他人达到自身目的的行为。

② 公力救济（public protection），指国家机关依照权利人的请求，运用公权力对被侵害权利实施救济。它包括行政救济和司法救济。

声称她不同意起诉，因此有人质疑她是否说出了虐待的真相。我还被聘为专家证人，为审讯调查提供有关家庭暴力和情感操纵的咨询，尤其是受害者和施暴者的行为方式。

我为法医编写报告的时候，发现自己仍然在设法回答那些年还在当警察时听到的问题。“她为什么不直接离开呢?”“如果真的那么糟糕，她肯定会一走了之的吧?”“难道她不在乎她的孩子吗?”“为什么她不同意起诉?”这些问题与“她为什么不愿意上救护车?”异曲同工。这份报告让我有机会解释为什么那个自杀的女子不肯去报警，并且点破了一些我们一直信以为真的有关虐待的受害者和施暴者的神话。与我当警察的时代相比，有些事情已经有所改观，而有些事情，还是一成不变。

*

在职业生涯中，我一直想要回答那些似乎无法回答的问题：尽管这些问题可能很复杂，但它们并不违背逻辑，并且可以解释。我的做法始终有点儿离经叛道，说句良心话，我并没有走一条中规中矩的学术道路。（例如，十多年来，我拒绝了正式的职业发展，而投身于非主流的生活，在一支重摇滚乐队担任主唱。）等进入学术界时，我已经有过在一个等级分明、纪律严明的机构工作的经验，然后又似乎经历了一种无组织无纪律的生活方式。然而，无论是哪种文化和背景，我发现人们行为处事的缘由几乎一模一样。

当我试图阐释人们的行为时，我参照的出发点是大多数人都会根据他们认为最符合自己利益的方式行事。所以，比如说，比起问“她为什么不愿意上救护车”，我反而会问：“为什么不上救护车对她最为有利?”我相信，在那个晚上促使那位年轻姑娘拒绝救助的原因，与刺激她的袭击者拿起重锤挥向她脑袋的原因是同一个。这一模式将我在过去数十年间所见过的数百起亲密伴侣凶杀案联系在了一起。

尽管这些年来已经达成共识，但直到最近司法社会工作者埃文·斯塔克（Evan Stark）教授才在他的书《情感操纵：男性如何在私生活中诱骗女性》（*Coercive Control: How men entrap women in personal life*）描述了这一模式，并将其命名为“情感操纵”。情感操纵还有一些别的名称，包括亲密恐怖主义和家庭恐怖主义，并且已经得到了该领域内大多数专家的认可。这一模式所预示的征兆是如此明显，造成的创伤也十分可怕，英格兰和威尔士、苏格兰，以及爱尔兰共和国的政府已经把它定为刑事犯罪，其他司法管辖区也开始跟进。

然而，情感操纵往往难以察觉、令人费解或隐蔽至深。它可能在法律上得到承认，但这并没有使它在实践中易于识别或得到理解。我最近的工作就致力于找到方法，使得个人、慈善机构、警察部门和司法机关更容易做到这一点。我们常常假设受害者和施暴者双方都是冲动的——丧失了理性的思考，以此来解释情感操纵、家庭暴力和凶杀。这来源于所谓的“激情犯罪”的辩解：从凶手和他们的辩护人口中直接陈述的亲密伴侣凶杀案。

我发现这种辩解是虚假的。

在调查的过程中，我阅读了其他凶杀案和情感操纵研究者的所得，发觉它们令人着迷。我还与警察和其他专业人员、凶杀袭击幸存的受害者、凶杀案受害者的家人以及凶手本人进行了交谈。我读取了医疗记录、调查档案、日记、短信、社交媒体、受害者的信件以及凶手写的信件。我听了已故女性求救的电话录音，看了闭路电视监控里凶手在犯罪前后的画面。我也评估了政府流程中的凶杀案件，为陪审团、司法审查和调查、政府级别的组织提供建议，以拓展有效的做法来尝试预防这些凶杀案。

我在格洛斯特大学（University of Gloucestershire）从事科研工作期间，通过研究四百多起亲密伴侣凶杀案，构造出凶手的画像以及他们杀害妻子、丈夫、伴侣甚至孩子的动机。我发现，凶手往往遵循情感操纵的模式。借由指认和识别这些模式，我们可以追踪潜在受害者的风险及其是如何逐渐升级的，可以更早地洞见变化，干涉并阻止人们遭受不幸。我把这种逐渐升级的风险分为八个阶段的历程，我称之为“凶杀时间轴”。

我开始分享我的发现，它所激发的探讨是非同寻常的。很快地，这一时间轴就被警方以及其他人员用以评估风险和威胁、审查凶杀案以及争取保护令。渐渐地，这种探讨引发了改变。

科研并不总能引起很多的关注，不过在格洛斯特大学工作的我们知道这十分重要。我们发布了一份新闻稿，试图确保尽可能多的人了解这一模式。我们希望这份时间轴能够引起人们的共鸣，并激励他们；然而，在研究发布的当天，我们还是没有准备好迎接海啸一般席卷而来的兴趣。我们收到了来自世界各地的采访请求和资讯索取，我接受的电视和广播访问比以往任何时候都要多。在最初几周内，英国广播公司（BBC）关于“凶杀时间轴”的在线新闻报道点击量就远远超过了一百万次。

自从发布我们的研究成果以来，人们的兴趣与日俱增。我与警方、缓刑服务机构、家庭暴力和跟踪骚扰公益机构以及其他专业人士和组织合作，旨在改变我们对风险和凶杀的思考方式。我还远行至其他国家，对那里的警察和专业人士进行演讲。大学正在将“凶杀时间轴”纳入他们许多学科的教学中，比如法学、犯罪学、护理学、心理学和社会保障学。个人受害者和专业人士与我联系，告诉我这般那般的情形：“我用这八个阶段成功地取得了保护令”，或者：“我利用您的研究成果加重了罪行指控的等级”，抑或是：“在对病人的诊疗中，您的研究使我加深了我对他们所面临的风险的理解”，又或者是，时间轴帮助“我从一片混沌中理清了思路”。我感到一种喜悦，而我从未想过这是一项研究所能给予的。

这本书描述了这八个阶段。如果你对其中一些感到熟悉，这就是关键所在了。我们往往倾向于为实际上是以情感操纵为特征的种种行为寻找理由或者使其正常化；在各个方面，我们都被训练得看不到危险。我所确定的阶段是：

第一阶段　历史：操纵和跟踪的历史

第二阶段　早期关系：旋风般的承诺

第三阶段　关系：生活在操纵之中

第四阶段　触发：一桩挑战操纵的事件

第五阶段　升级：逐渐升级的操纵或出现跟踪骚扰的情形

第六阶段　想法的改变：焦点的变动

第七阶段　计划：谋划一起凶杀案

第八阶段　凶杀和/或自杀

时间轴挑战了“激情犯罪”这一辩解，它数十年来，甚至是数千年来，主导了人们对这一类凶杀案的主流理解——我将在下一章中讨论这一点。我们看到，围绕这一问题的想法正在转变。人们对此提出的疑问越多，就探讨得越多；维护凶手的关于激情犯罪的辩解就会变得越来越弱，直到它失去力量。搞清楚时间轴的各个阶段是这个过程中重要的一步：它可以用来促动探讨，挑战根深蒂固的观念，并有助于人们互相扶持。

在接下来的几个章节中，我将使用我工作中搜集的个案历史，来逐一回顾“凶杀时间轴”的八个阶段，以显示受害者、施暴者和杀人犯在每一个阶段的想法。我将通过涉事人员的言论和经历来挑战虚假的真相。人们对一个叫文森特的人有好感，是因为文森特展示了某些错误的观念，妨碍了人们去更清晰地了解情感操纵。这是我和他的战斗。

绪论

激情犯罪的神话

文森特

谋杀，或许复杂于任何其他犯罪，它是普通人的犯罪。

文森特很普通。他从未想过与众不同。他的半独立三居室住宅位于一座美丽的北方小镇一条宜人的城市街道上。房子维护得很好，他那辆有了年头的四门客货两用轿车也是如此。这是他心目中任何人都能指望过上的生活的珍贵象征。他索取了他应得的权利，仅此而已。

然而，他站在这里，在黑暗中默不作声、纹丝不动，并且心怀不满地凝视着平淡无奇的办公大楼，等候着。他手中紧攥着一把长长的、锋利的刀。这会儿她随时可能从那门里出来，而他已经准备好。

唐娜步履轻快。在她走出她工作的大楼之前，钥匙就一直握在她手里了。她不想在昏暗的停车场里磨蹭，在包里摸索钥匙；她很自信，但也很谨慎。她摁了一下电子钥匙，看到她的车灯闪了闪。她松了一口气，到车子边上了，安全。不过还没等她打开车门，文森特就捅出了第一刀，他把刀深深地插进她的胸膛。唐娜很快就死了，而文森特还在继续。一下又一下，在她身上造成了三十八处刀伤。

*

距离那一天过去一年多了，文森特和我面对面地坐在硬木椅子上，中间只隔着一张磨损的旧桌子，我们打算聊一聊他妻子唐娜被杀害的事情。因为这起谋杀案，他正在服无期徒刑。他毫无悔意、恬不知耻，也不觉有罪，用一种相当平静的语气告诉我，他终其一生都是受害者；从未有人倾听他的心声，也没有人把他放在头等地位。就在刹那间，他那湿润的棕色眼睛充满了自怜自伤的泪水。但我既不是来怜悯他，也不是来谴责他的，我是来看看有没有可能阻止他。

研究像文森特这样的人——那些决定杀害他们的妻子、丈夫、孩子和伴侣的人——正是我这许多年来始终在做的事情。我研究他们，不是为了治愈或者帮他们恢复正常生活，而是为了找到方法，阻止其他与他们类似的人去杀戮。比如，我不会插手帮助文森特融入社会，也不会为他提供咨询。

文森特不是一个惯于暴力的人；在杀害唐娜之前，他并未被视为施暴者。但他一直在实施操纵，正是这种操纵暴露了他对她构成的危险。

我仔细地观察着他：耸肩弓背，倚着一堵脏兮兮的、刷着玉兰花的墙面，这对他来说像是一种伪装，尽管他并不是那种变色龙一样的人；他毫无变通能力。或许这就是他的部分问题所在：十分死板。这个令人厌烦、了无生气的房间，位于破败的灰色监狱里，于他刚好是再完美不过的环境。

当凶手被摘下面具时，我们往往感到震惊。“但他是一个很不错的家伙。”友邻们会这样说。我想象他的邻居把他描述成一个不声不响的人，独来独往，不算特别和气，但也从不惹麻烦。他们肯定不会把他当作一个可能的杀人犯。

我们倾向于认为，假如遇到一个杀人犯，我们一定会认出他，会有一个可辨认的“该隐的记号”①，我们那尤为敏锐的直觉会辨识出：一个和我们不一样的人，一个我们在日常生活中不太可能遇到的人。但当我们考虑到，在英国平均每周有两名女性为她们的伴侣所杀害，在美国平均每天有三名，而在墨西哥平均每天大约有五名，这个想法就站不住脚了。这些女性不仅遇到了一个有能力谋杀的人，还很可能已经和他们同居或结婚。2020 年，在新冠肺炎流行期间的封锁限制令实施后，英国的亲密伴侣凶杀率翻了一倍多，全球各地都出现了类似的增长。

2020 年 3 月，出于对十名女性在一天之内死于“厌女凶杀”的愤怒，墨西哥呼吁开展一场女性大罢工；在英国，新的《家庭暴力法案》见证了一场运动，改变了使得亲密伴侣凶杀正当化的犯罪辩护，比如粗暴性爱游戏中的勒杀；2019 年底，法国——欧洲亲密伴侣凶杀率最高的国家之一——举行了全国性的集会，谴责当局的视而不见(使用的标签是“*Nous Toutes*”②，抑或“我们所有女人”③)；同样在 2019 年底，南非宣布“厌女凶杀”为国家危机，政府报告称在该国平均每三个小时就有一名女性被杀害；巴基斯坦对于女性来说是生存环境最凶险的国家之一，这个问题严重到首席大法官在 2019 年通告新增一千个法院，只处理针对女性的暴力事件。国际上越来越多地认识到亲密伴侣凶杀的问题，这一问题主要由女性来承受苦难，而多

---

① 该隐的记号（mark of Cain），出自《圣经・创世记》4：15：“耶和华对他说，凡杀该隐的，必遭报七倍。耶和华就给该隐立一个记号，免得人遇见他就杀他。”该隐杀害了兄弟亚伯，即将被耶和华放逐，但他担心自己会在流放中为人杀害，耶和华就给他立了记号后再驱逐之。

② 法语，意为“我们所有女人”。在法国，*Nous Toutes* 也是一个女权组织，旨在反对针对女性和儿童的暴力，该组织正是作者在此提及的发生在 2019 年底反对暴力全法大游行的主要倡导者。

③ 此处为英语：All of Us。

数由男性来实施暴行。

人们往往以丈夫、男友或情人的身份来评判凶手，而不是把他们视作危险的罪犯。有一种假设认为，要么凶杀得到了遏制，不会危害更广泛的群体；要么在某种程度上杀戮是有理由的。根据我的经验，这两种看法都是不正确的。家庭暴力和更广泛的犯罪存在关联，家庭暴力也和其他形式的凶杀存在关联，并且在许多案件中有不止一名伴侣被杀害。比如，西奥多·约翰逊在 2016 年因杀害安杰拉·贝斯特而被定罪，但他还杀害了两名前伴侣，一名在 1981 年，另一名在 1993 年；罗伯特·特里格在 2011 年被判杀害苏珊·尼科尔森，他还在 2006 年杀死了一名前伴侣；伊恩·斯图尔特在 2016 年因谋杀海伦·贝利而入狱，他还被控在 2010 年谋杀他的第一任妻子。孩子们有时候也会被杀害，或是其他一些可能是目标的人，比如新的伴侣或家庭成员。想想阿兰·霍吧，他于 2016 年 8 月在爱尔兰杀害了妻子克洛达赫，还有他们的三个孩子利亚姆（13 岁）、尼尔（11 岁）和瑞恩（6 岁）；还有扬巴兹·塔林，杀害了伴侣拉妮姆·乌德以及她的母亲珂霍拉·萨利姆（Khoala Saleem）。2010 年 7 月，拉乌尔·莫特试图杀害他的前任伴侣萨曼莎·斯托巴特，并且成功地杀死了她的新男友克里斯·布朗。他还开枪击中了警员大卫·拉斯班德的脸部，导致他失明。巡警拉斯班德于 2012 年 2 月自杀身亡。

在公众眼中，或者在小说里，我们往往会给有些凶手渲染上某种程度的魅力；他们变成了“伪名人”，他们的名字朗朗上口，就好像他们是摇滚明星。但这些鼎鼎有名的人物与最常见的凶手——也是我们极有可能会遇到的凶手——几乎没有相似之处。后者的名字很少被人记住，他们服刑的时间也比我们大多数人想象的要短得多。他们是我们社群的一分子，与我们一起工作，生活在我们身旁，就和文森特一样。

文森特是一个凶手。他在杀害唐娜的那一天就成了凶手。在那之前他只是一个普通人，但有着计划并实施谋杀的潜在可能。即使在此刻，坐在这所监狱里，他基本上还是那个一贯如此的文森特，和我们生活在一起、工作在一起的文森特。所以真正的难题是尽量去了解是什么使得文森特从暗影里浮现。

“我就是啪地断了线”

文森特不声不响地坐在我面前。对于一个五十好几的人来说，他的发量相当可观，但打理得不太好，就像他的胡须，干净但剪得不是很短。没有任何迹象表明他有能力实施这样的暴力。与我见过的其他一些施暴者不同，文森特似乎缺乏那种自负的外表：他并不拒人于千里之外，说话也不粗声大气。人们很容易忘记，他很早就计划杀害他的妻子，并且他高效、果断地执行了这一预谋。唐娜根本措手不及，她试图钻进汽车时已经没有机会护住自己了。在残暴、冷血的袭击之后，他任由她跌倒在地，然后打了999电话自首。对于像文森特这样的凶手来说，打电话给警察或者朋友，并且当即承认自己的所作所为，这并不罕见。

文森特被捕的时候，他告诉警方：“就像是一股血气冲上头，我就是啪地断了线。”给人的印象是他抓起一把刀，出于一时的愤怒而刺伤了唐娜。但在和我对话时，他说：“没有人来听我的想法，他们就是不想知道这些事情是怎么影响到我的……”

“我会听你说的。”我说道。

这正是我要做的，非常仔细地倾听。

文森特已经有足够的时间来反省他的暴行，所以我直截了当、明白无误地告诉他我为什么会在这里。

“我来这里是想试试有没有什么办法阻止这一切的发生。”我对他说道，模仿着他平静而温和的语气。

“我才是真正的受害者，”他回答道，“但是没有人看到这一点。”

“你是指什么呢?”

“我有过计划，你知道的——我就要退休了，我打算买一座小农场，只种些自己吃的食物，也许再养几只鸡。我并不是一无所求。”

“所以发生了什么呢?”我问道。

“那些一再发生的事情，”他回答说，“我想要什么从来都不重要——现在还是这样。”

他沉默了一会儿，我也任由这静默弥漫。

“没有人来探视我，一个都没有，”他闷闷不乐地说道，“我的孩子们，他们不想和我说话。他们不明白。他们看不透这是怎么一回事。他们认为我是坏人。这并不公平。”

文森特不理解为什么人们不支持他。尽管他声称没有人倾听他的心声，但作为审判的一部分，他有充分的机会来陈述自己的故事；而作为辩护的一部分，他也一直在和法医精神病学家沟通，讨论他“就是啪地断了线”。看起来，他真正抱怨的是，没有一个人站在他的立场上来支持他。没有人说：“是的，文森特，你杀死唐娜完全是情有可原的。”这让他很恼火。

“你能想明白为什么人们都对你避让不及，而你的孩子也躲着你吗?”我问道。

“一直都是这样，一直都是这样，”他回答道，“没有人站在我这一边，没有人看到这些事情是怎么影响到了我。这恰恰证实了我的观点，真的。我失去了一切，却没有人在乎。她就要离开了，那样的话我怎么办呢?”

我不想质疑文森特对这些事的说法。那不是我的目的。在为审判做准备的阶段，对于那天晚上发生的事情，他已经花了相当多的时间来组织他那一版的故事。对他来说，那种虚构甚至可能已经变成了某种真相。

我很乐于听到文森特讲述他是怎么认为自己是一个受害者的，因为他谈论得越多，他就越不可能引用他排演过的语言。我也相信他由衷地感觉自己是一个受害者。我相信他可能是经年累月地遭受了无数的羞辱和拒绝。对他来说，这不仅仅是一连串的借口，这就是文森特。对于我来说，有意思的并不是对他告诉我的每一个被拒绝的例子进行司法上的盘问，而是认识到羞辱和拒绝在构建和塑造他内在的身份和正义体系中所起到的巨大作用。每个人都经历过羞辱和拒绝，区别在于我们如何处理和认知它们。

“就连我母亲，她也不喜欢我。她从未善待过我，”文森特对我说，“我一生都那样子，真的。”

文森特还没有提到唐娜的名字，他谈论的是范围更广的从前被拒绝的例子。然后他转向了最近的不公平。

“他们告诉我，我不能分到‘份地①’。我本想在法庭上对他们说一说其中情形，但似乎这都不怎么重要。”

对文森特来说，处处都是不公平：刑事司法系统、心理健康服务，以及他的朋友和家人没有来探视。在他看来，一切都在和他作对。他想让人们尊重他、赞同他，但感到无能为力。

但正是他缺乏同理心，这一点最能说明问题。他不能理解他的成年子女为什么不愿意来探视。他似乎没有想过，对于一个杀害了他们母亲的男人，他们会作何感想。一切都只关乎他本人。在无意识中，他用自己的话语，揭开了自己的一个至关重要之处。

我们学习辨别那些可能对我们构成威胁的人，并不一定要通过观察他们的面貌，而是可以通过他们行为举止的模式和谈论事物的方式。这就是为什么我工作中如此重要的一部分是倾听的原因——不过，或许更重要的是，任由人们畅所欲言。这是有所区别的。当我随

① 份地（allotment），在英国，指个人可以承租的、用以种菜的公共土地，通常只能由本地居民租用，人口多的城镇等待期会更长，比如，在伦敦约要等待十年左右。

便他絮絮叨叨的时候，他会用自己的、未经修饰的语言来阐述是什么驱动了他，这样我就能搞清楚大概是在哪里最适合踩下刹车。

*

几千年以来，我们一直在使杀害配偶的行为合理化，认为这是"由于激情而犯罪"——也就是情杀。这个想法巧妙地解释了令人费解的对至爱亲人的杀戮。它鼓励我们相信，人们可能会在某些发现之后——比如婚外情或者可怕的背叛，出于嫉妒或者愤怒而冲动地杀害他们的情人或配偶。这似乎是说得通的，因为我们大多数人都被拒绝过，或者经历过一段特别痛苦的感情的结束。我们可以想象，在这种情况下，有些人或许会丧失理智，由于做了某些完全不符合性格的事情而"啪地断了线"或者"怒不可遏"。这显然是许多这一类凶杀案在媒体以及凶案审判中得以解释的方式。同样地，我们也可以相信，那些经常性地在似乎无法控制的怒气中殴打伴侣的人，有一天可能会做得太过火：结局可能会是死亡，即便并非出于故意。

那么，在这两个主要的、看似简单而又可信的解释中，哪一个适合文森特呢？他有没有把唐娜当场捉奸，并在那嫉妒的情绪压倒了一切的最激烈时刻做出反应？

事实并不支持这一点。文森特伏击了唐娜，当时她正在做一件再普通不过的事情——下班回家。他选择了他的时间和地点，他选择了他的方法。他有时间思考和计划；他有时间保持理智；他站在昏暗的停车场里默不作声地等候着她。他做出决定去实施他所做的事情。这不是冲动的情绪失控。文森特也并不经常性地对唐娜施暴。这不是一次"揍过了头"。

那么，文森特是能反证规律的例外吗？并不，就像绝大多数事情一样，文森特十分普通。如今他已成了普通的杀妻凶手。

一旦我们不再认为这些谋杀是冲动的，我们就能开始挑战这样一种观点，即他们是不可预测的，或者超出了调查分析和法医的理解。

实际上，亲密伴侣凶杀是凶案中相对容易预测的形式。这种可预见性构成了我的八个阶段凶杀时间轴的基础。

勠力同心

通过辩称他就是“啪地断了线”，文森特暗示捅死妻子是一种激情犯罪。他期待每个人都会赞同这一点，并相信他。

见到文森特的时候，我和一位同事在一起。她一直纠结于自己将不得不和文森特握手这件事。她不想碰触文森特：不是出于厌恶，而是由于想和唐娜勠力同心。她清楚地记得那次见面时他的手，仍然可以形容出它们粗大而骨节分明的样子，就好像他这会儿还坐在她的面前。

我以前研究过一个案例，一个男人杀害了一位十几岁的少女，当时她正在英国参加交换游学。少女的母亲煎熬着旁听了对杀害她女儿的凶手的审判，他是一个臭名昭著的性犯罪者，最终被判犯有谋杀罪。审判结束时，辩护团队的一名律师给她递了一张纸条，上面写道：“我发誓我从未碰触他，我甚至没有和他握手。”和我的同事一样，如果不能勠力同心，这名律师会感到愧疚。

然而，根据我的经验，在亲密伴侣凶杀案中，与受害者勠力同心明显比与凶手站在一起的要少。媒体报道经常从同情的角度来解释所发生的事情（“*他太爱她了，一时冲动才杀害了她*”），而这正是文森特所期望的。然而，当受害者真实的故事为人所知，暴行残忍也变得显而易见，与凶手站在一起就会越发困难。不幸的是，受害者的故事往往在官方记录中缺失——她们的经历不为人知，因为她们永远地离开了我们，不再能分享她们的故事。

“她毁了我的生活，却没有人在意。”文森特告诉我。

“你的生活是怎么被毁掉的?”我说道。

“她想要离开我，而且她并不在乎那会怎样影响到我。”

或许可以有一个明摆着的问题：“杀了她怎么会让你的生活变得

更好呢?”但他杀害唐娜的时候，并不是为了尽力改善他的处境，他是在纠正一个察觉到的错误。这是一种惩戒。

文森特并没有试图掩盖他的罪行，这一事实也说明了这一点。这似乎是自相矛盾的，因为文森特打电话给警察自首，对他的所作所为，他看上去是承担了罪责。不过，承认做过某事与承认你所做的事情是不对的，并不是一回事。文森特一直在期望人们会认为他是对的，会将心比心地和他站在一起。他觉得自己情有可原。他的不公正之感比唐娜的命更重要。

文森特没有精神疾病——他像其他人一样会找理由，行为举止也别无不同。甚至他的信仰体系也并没有与他所生活的社会有显著的不同。他对杀害唐娜的解释也不离奇古怪；实际上，它们是我们在媒体报道和法庭辩护中一直能看到的。它们混合了文森特认为会引起同情的东西以及他自己对受害者没有把他的需求放在首位的愤怒。

这个男人没有经常性的暴力行径，所以我们需要更深入地观察这些凶手其他的共通行为。对我来说，和文森特谈话只是这个过程的开始；我已经发现，当涉及识别危险迹象和辨别模式的时候，死者和袭击者周围的人拥有一些极有意思也很有帮助的信息。出于这一原因，我花了大量的时间与凶手以及受害者的家人和朋友交谈，也与警察和缓刑监督官员——任何在凶手行凶之前就知道他们的人——交谈。我所了解到的是，危险迹象并不总是我们所预想的那样。

在那些认识文森特的人的眼里，他表现得像是一个有明显“怪癖”的人。这些“怪癖”并没有被视为危险的，也没有人形容他是有威胁的。然而，它们全都有关操纵——主要集中在唐娜身上，也牵扯到他们的孩子们。

三个问题

一旦确定了一段关系，我们对某些事情感到不太对劲的直觉往往会被最小化。对每一个可能的危险迹象，似乎都可以有看似合理的解释——这些解释诱导我们去质疑它们到底是不是危险迹象。

正如已故的受害者权益维护人艾伦·彭斯所明确表述的，在考虑一段关系中某人的行为是否出了岔子的时候，有三个问题可以问。第一，这些行为是某种模式的一部分吗？第二，这些模式会改变一个人日常的习惯和抉择吗？第三，有人会因为这些模式而感到恐惧吗？

在回答第一个问题时，文森特的家人告诉我他是一个按部就班的人，其中有一条他们全都提及了：他特别喜欢肥皂剧，有一部尤其受他青睐。他克制不住地要看它。不过，他坚持让家人和他一起观看。在主题音乐响起之前，每个人都必须待在家里，他们必须一起看，他们必须待到剧终。

第二个问题，我们了解到为了安抚文森特，唐娜不得不更改她每天都要做的事，来适应文森特的那一套规矩。在文森特喜爱的那部剧开始的时候，她确保自己总是在场，不管她正在做什么别的事情。

第三，唐娜害怕挑战文森特所造成的后果。她照办了，因为不服从并不值当。他们全都照办了，好得到安生。

没有报告显示他曾经殴打或猛揍过唐娜，尽管我们不是很肯定。唐娜从未说过任何暗示这一点的话，也没有任何不明原因的伤痕。然而，他有不止一次的自杀威胁——当它被用来操纵人们的时候，这是一个令人担忧的举止。

仅仅因为文森特没有摆在明面上的暴力，并不意味着唐娜对他毫无惧意。有一次，大概在唐娜离世前十年，她说她想要离婚。她告诉了几位朋友，不久之后，她的车子就开始出问题了。有一位朋友发现刹车似乎被人动过了手脚。她把车子开出去修好了，但她并没有报警。她确实和别人讲起过，她觉得那是文森特干的。

她告诉文森特，她已经修好了车子，从现在起她会定期检查车子，因为她担心这种情况会再三发生。她对他说，她感觉这是当地的年轻人搞的事；她并没有指责他。她的车子没有再出过别的状况。不管她的恐惧是否有根据，这证明在她心里他有能耐故意伤害她。唐娜的恐惧很有可能源于他以前的经历，她知道他有什么不为人知的本领。

我不可能从文森特这里获得那些信息——那些他的妻子和孩子们不得不卑屈地服从他那一套规矩，并且每天都被监控的事实。如果他对她的刹车动了手脚，他决不会透露分毫。

我问他是否记得唐娜的车子被动了手脚。他表示没有一丝印象；实际上，对于我明晃晃的暗示，他显得很受伤。

这给我的工作带来了挑战。尽管文森特声称没有人听取他的想法，但他却是那个在法庭上拥有一名辩护律师的人——只为他辩护，陈述从他的角度出发的故事——并且，如果有必要，去诋毁唐娜的性格。唐娜因死亡而沉默。根据我的经验，受害者的家人很少有机会澄清真相，或者让他们至亲的故事为人所知；受害者的家人会被指责缺乏客观性，但这种指控很少是针对凶手的。是文森特，被认为更耐人寻味、更值得发出声音。这是真正的不平等，给试图防范未来的凶杀制造了困难。刑事司法系统并不总是公布受害者的陈述，或者使她们的声音成为诉讼的核心，而我则坚信通过倾听她们的心声，我们会找出真正的危险所在。

朋友和家人都知道文森特和唐娜的婚姻并不美满，他们不幸福。在事件发生之后进行复盘通常能揭示某种模式和风险，在事后看来，它们似乎都会变得格外地清晰。但事后诸葛亮和先见之明只是一枚硬币的不同面：它们分享的是同一种信息。区别在于这一信息是在何时被识别或者确定的。因此，鉴别一场婚姻只是不合适还是很危险的迹象，往往就在那里，等待着被发现。当然，许多人都认为文森特和唐娜的婚姻非常糟糕，不过这并没有揭示真相。真相是文森特的婚姻很糟糕，而唐娜的婚姻很危险。

*

当听说凶杀案时，重要的是永远不要忘记那些真实的人所遭受的真实的创伤，那些最为极致的痛苦。在这些案件中，真相被层层覆盖、复杂难解。当写作这些文字的时候，我想到了唐娜和她所爱的人。我想到那个晚上她如何像往常一样走向她的车，以为她安全了，但她甚至没有来得及打开车门，文森特就疯狂地捅了她。没有说话，没有争吵，没有警告。唐娜倒在原地，也就是警察和医护人员发现她的地方。

凶杀给那些还活着的人增加了一重额外的、无法逃避的痛苦，我们不应低估由此造成的创伤。文森特似乎无法体会他给孩子们带来的这种伤痛，只认为他们应该理解他遭到的苦。

这种创伤也会反弹给专业人士。大多数在关乎生离死别的领域工作的人经常需要“临床心理督导”（clinical supervision），让他们能够对可能观察到或者经历的过于沉重的悲痛和威胁进行反省，并尽力引导他们走出困境；随着时间的推移，很难不受到这种创伤的影响和改变。

我初次遇到一具死尸的时候，是和陪同我第一次出警家庭暴力的那一位警长在一起的。那通电话刚打进来，他就找到了我：惯例是要尽快让新警员来处理这种情况。当我们到达那里时，尽管我尽力掩饰，但已经焦虑万分。我本能地知道，我会被这个电话变成另外一个人。

尸体就在楼上，随着一步一步地越来越靠近它，我的惊惧也越发增长。警长就在楼下等候。我推开卧室的门，知道那具尸骸就在那里。我走了进去。我的心怦怦地跳。我感觉自己万万没有准备好来应对这种场面。

死者是一个二十出头的年轻人。他被绑在脖子上的床单吊在一个卧室的橱柜里。看起来他已经在那里吊了好几个小时了。我克制不住地想要拥抱他、安慰他。我不知道我在那里站了多久：可能是五秒钟，可能是五分钟。

在他被解下来并被带走之前，我工作的部分内容就是查明有无可疑之处。我能听到他的母亲在楼下哭泣—— 一种低沉的、原始的哭泣，我永远不会忘记。我能想象警长试图让她平静下来的情形，从某种程度来说，我很高兴我待在楼上。后来，当我走下去的时候——我终究只能走下去——说了一些非常愚蠢的话，反映出我毫无经验。年轻人的母亲央求我解释为什么她的儿子会自杀：他为什么要这样做……她做母亲做得这么失败吗……他有那么痛苦吗？我只是想让她跟自己和解，因此我说道："或许这不是自杀……"我试图帮到她，容易却可怕。

她有那么一瞬间停止了哭泣，朝我走了一步，脸都扭曲了。

"你是说他是被谋杀的？"她尖叫道。

我不是那个意思。那会儿我试图用笨拙、缺乏经验的方式，来暗示她这也有可能是一场意外。我以为这能帮上忙。然而对她来说，谋杀比自杀糟糕得多，从她的回应里，我深深了解到何为谦卑。她给我的主管写了一封关于我的信，大概一个星期后，我被他叫到了办公室，他把信大声地读了出来。我不记得她的准确措辞了，但我记得她为她对我大喊大叫的方式道歉；我从未感到我这么不值得道歉。

*

唐娜的家人知道了她是怎么死的，这令人痛心。对他们来说，找到这个问题的答案也很重要：为什么？她为什么会被杀害？

有一个被称为"奥卡姆剃刀①"的解决问题的原理，泛泛地说，它主张最简单的解释有可能是正确的解释。人们往往会为事物寻找看

---

① 奥卡姆剃刀（Occam's Razor），由14世纪英格兰逻辑学家、来自奥卡姆的威廉（William of Occam，约1285年至1349年）提出，主张"如无必要，勿增实体"，即"简单有效原理"。

似最为可信的理由，谋杀也不例外。然而，那些看起来简明而合理的事情有可能会发生变化。文森特在法庭上讲述了他的故事，但我们能在多大程度上依靠法庭证词来告诉我们到底发生了什么呢？陪审团偏爱貌似合乎情理的解释，而文森特会尽力淡化他的所作所为，以极为可信的方式呈现最令人同情的故事。

在我们的对抗制司法系统（adversarial justice system）中，最有说服力的故事可能会赢，而那些极为令人信服的论点则很有可能是基于区别对待的准则或者错误的信息。同情的合理化和受害者有罪论是很常见的，会影响我们对操纵和暴力事例的解读和响应的方式。在我们的法院系统中，诉讼只有两方当事人：被告和国家。受害者没有具体的代表。人们指望国家会代表受害者，但国家在陈述时受限于能讲述什么以及所讲述的方式，因为必须保持一定的客观性。我们不应当轻易地认为国家和主要受害者是一回事。这实际上使得受害者没有特定的辩护律师，而被告却拥有一位，并且对抗辩律师的限制也要少得多。这也是施暴者的故事和辩护更容易为人所知的一个原因。

危险在于，我们在法庭上的陈述往往会被当作官方的事实记录，然后我们试图从那些几乎没有实际依据的东西里探寻真相。这就是为何我要和文森特以及其他一些凶手展开对话的缘由——去探索他们为什么会给出这样的解释，而不是关注这些解释本身是否可信。

文森特经历了构成凶杀时间轴的八个阶段。在每一个阶段都有人注意到一些情况，并不一定是那些他们可以形容为很危险的情形，然而这些事情却令他们感到不安。类似于文森特这样的人会经历这些阶段是因为他们的习惯、他们是谁以及他们变成了什么样子。他未能在那些阶段控制自己，是因为唐娜的习惯，或者说是她行为的方式。一切都关乎文森特。

1

第一阶段：操纵和跟踪的历史

时间轴的第一阶段甚至会发生在两个人相遇并确立关系之前。值得注意的是这个阶段竟然存在——因为如果它存在，我想说的是，那些杀害他们伴侣的人是一种“类型”。这种类型并非关于两个人之间的互动，而是关乎一个有控制欲的人。最重要的、昭示凶险将临的危险信号是他们在操纵，而且之前一直在操纵。

我很少在办公室里坐在办公桌前，因为我的大量工作都需要待在除此以外的其他地方。然而，在一个特别的日子，我去了办公室，并且接到了一个外线电话。

“是简·蒙克顿·史密斯吗？”有一个女性的声音对着我咆哮。

“是的。”我说道，有点儿吓了一跳。

“别再说我丈夫是谋杀犯了。他不是谋杀犯，他从未被判谋杀罪，你不应该这样做……我就是告知你。”

“你的丈夫是谁？”我询问道。

“你一直在谈论他，有人告诉我了，”然后她对我说了他的名字，“你一直在和那家人谈话，我知道你谈了。”

“我很肯定我从没有说过你的丈夫是谋杀犯，”我平静地说道，“他被判过失杀人，不是吗？”

“是的，他是，这就是说他并不是一个谋杀犯。”

我们聊了一通，这位女士试图说服我，她的丈夫是一个被误会的、和蔼可亲的人，我们友好地挂了电话，我再也没有听到过她的消息。

我十分吃惊，她没有把她的丈夫杀害了第一任妻子这一事实看作与她切身相关。她说得对，我一直在和受害者家庭交谈。由于这家人想要就此案向他们的国会议员提出议题，并发起合法性质询，因此我一直在与一家名为 AAFDA① 的慈善团体合作。AAFDA 是由弗兰克·马兰在他的妹妹茱莉亚和她的儿子威尔被杀害后创办的，他们帮助家庭在谋杀发生后必不可免也无法逃避的正式诉讼——例如家暴凶案审查（DHRs②）、审讯和庭审中赢得谈判。

这起案件中的受害者在法庭和媒体上都被很离谱地曲解了，这损害了人们对她的怀念，也给她的家人造成了额外的伤痛，两者皆不可估量。由于法庭接受了对指控较轻的过失杀人的认罪，所以并没有审判。（过失杀人不会判处强制性的无期徒刑，假释要早一些，同时也意味着凶手的罪责较轻。）其结果是被告在量刑听证会上为自己辩护时几乎没有受到任何质疑。

在这起案件中，听证会持续了不到一个小时，受害者被形容为一个“吹毛求疵的人”，把凶手逼到了忍无可忍的地步。这个故事在新闻报道上被反复地刊登和评论，使得受害者永远地留下了她“罪有应得”的印象。并没有送呈的证据可以证实对她人格的诽谤，而法官却对凶手表示了同情。一家声名卓著的日报的知名专栏作者甚至发表评论说，他宁可给凶手颁发一枚奖章，而不是判处他监禁，尽管他并没有证据表明凶手所言确实。同样耐人寻味的是，“吹毛求疵”，无论是否得到证实，都会引起人们对凶手的同情，并被当作针对谋杀罪的辩

---

① AAFDA，Advocacy After Fatal Domestic Abuse 的首字母缩略，意为“致命家庭暴力善后游说团体”。

② DHRs，Domestic Homicide Reviews 的缩略。

护缘由的一部分。甚至还有人说，当凶手杀死妻子的时候，他的苦楚立刻就得到了解脱。他能够通过掩埋来隐匿她的尸体，在死尸被发现之前，他过了几年的好日子。

综上所述，给我打电话的那个女人所掌握的关于她新任丈夫的信息，把他塑造成在类似情况下会与任何理性的人一样，做出同样的举动，大概也就不足为奇了。她可以看到法庭对他的同情；她可以看到新闻报道对受害者的指责；这一切表明他似乎不那么危险，是一个可靠的结婚对象。整个体系都是这么说的，没有受到质疑。死者的家人没有渠道来平衡舆论，更不用说扭转乾坤了。

如果一个人有过一段历史，不一定是有关凶杀的，而是涉及操纵、占有欲和嫉妒的类型，这就是一个危险的信号。犯罪记录是一个很好的指标，但不是最好的。大多数的历史和危险的信号是由操纵者言谈与行为的方式所揭示的，也是由认识他们的人，尤其是他们的前任伴侣所透露的。

可以揣摩一个例子，有个人在其中透露了他们的历史，比我与那位第二任妻子的对话要微妙得多。

*

玛西在镇上的一家酒吧遇到了伦尼。这个地方她的许多同事都去过，她认为是一个安全的地方，里面都是一些不错的人。伦尼接近她的时候，他显得又迷人又友善。

“我来付那杯酒的钱，”他说道，带着微笑，“你去坐下，我会把酒给你拿过来。”

玛西觉得这没什么不妥；她想着这令人愉快的、有点老派的套近乎，有一种她被照顾着的感觉。伦尼在打理一切，于是玛西就去坐下了。

伦尼走过来，坐在她的身旁。他健谈、风趣，也很捧场。

“我再给你拿一杯喝的吧。”他在玛西快喝完她那杯酒的时候说道。“干了它，快一点儿，你这个慢性子哟。我要去吧台了。”

玛西从座位上站起来，提出要付钱。

“绝对不行!”伦尼笑着说道，“这是我的活。听着：你可以下次再付钱。”

玛西心想那也成，下一次她来付钱。

当伦尼回来后，他开始谈论感情问题。他告诉玛西，他那位疯狂的前女友让他的生活变成了地狱。“对，她真的是一个很难相处的人，”他吐露道，“她以前真的经常撩拨我，有意的，所以我最后总是看起来像个坏家伙。”

“这太可怕了。”玛西说道，让伦尼知道她绝不会那样做。

“然后她背叛了我。我再也不想经历这种事了。”

突然间，伦尼，这个和蔼可亲的人，成了一个爱摆布人的坏女人的受害者。

不过伦尼泄露了一些潜在的令人担忧的行为和言语。首先，他坚持要付钱；他之前没有显示出他会付钱，或者询问他可不可以付钱。他还叫玛西去坐下；他没有在她原来坐的地方和她搭话，也没有询问她是否愿意坐一坐。他掌控了局面，因此事情迅速地从酒吧里的两个陌生人，进展到了两个坐在一起的人，一边喝着他买单的酒，一边聊天。他按自己的步调推进。

伦尼继续操纵一切：他决定了玛西什么时候再喝上一杯。他坚决地拒绝了让她付钱，并让这看起来很合理，因为他告诉她下一次由她来付——他阻止了她可能的反对意见，并且确保了第二次约会。这会儿玛西“欠”了他的人情，她将不得不勉力去拒绝第二次见面，而这或许会非常尴尬。他声称付酒钱是他的“活”，这是在测试玛西是否认可男人是可以操纵一切的。

关于他前女友的对话就更令人忧心了。他说他知道自己的行为有问题，但这是他前女友的错。他不为自己的行为不端负任何责任。他透露，他有易挑逗的“可撩之处”。当然，有许多方式可以解释这种小小的交流。从我的角度来看，伦尼在操纵他们的交流——他们聊天的地方、喝酒的数量、谁来付钱以及对话的内容。伦尼发出警示，他期待一段什么样的关系，并且明确地表示，尽管是他行为失当，但他认为自己是受到不公正对待的人。实际上，他在透露他有一段历史。

交流本可以有那么多的方式来展开，所以要想一想它为什么以这种方式进行。伦尼并没有刻意地展示这些危险的迹象，但他的确展示了。对话是令人着迷、充满生机的事物。它们可以指向一百万个不同的方向，而所选择的语言文字对于使用它的那个人来说在许多方面也是迥然相异的。伦尼透露了他的历史；他也透露了他是如何解释那段历史的，所以他是在向玛西展示他自己。

有操纵欲的人出于各种复杂的原因进行控制。如果我们承认操纵对有些人来说是重要的，我们多半也能认同这种操纵在他们所有的关系中都很要紧。这是他们本性的一部分，他们不会自然而然地改变。如果他们在上一段关系中需要操纵，那么在下一段关系中他们也必须实施控制。如果他们把自己的行为归咎于别人，这多半表明他们不对自己的所作所为负责，或者他们觉得自己有权利这么做。发生在过去的事情能够很好地预测未来的行为，所以我们应该花时间去倾听别人对我们所说的，也看看别人向我们所展示的。人是可以改变的，但是把自己的恶行归咎于“疯狂的前任”，并不代表在这段关系之后有了反思和改变。

卡尔

卡尔杀害了他三十五岁的伴侣邦妮。她罹患一种改变了她生活轨迹的疾病，还是两个孩子的母亲。卡尔有很明显的操纵欲和暴力史，在杀害她之前就已经在警方挂了号。他在各个方面都和文森特截然相反，但他们的行为模式却大多是极其相似的。

我认识到卡尔是一个在社会边缘混生活的人——与我在乐队时作为音乐亚文化的一员所玩儿的不同，他是街头犯罪亚文化的一部分。所谓的亚文化，不论犯罪与否，都创造了一套自己的规则，为不那么正统的生活方式辩护，但他们的道德标准和其他信仰体系与主流文化相比，往往并没有实质上的不同。像卡尔这样的人，会通过所谓的他们那一套生活方式的规矩来洗白他们的所作所为。从他的风格和举止，我可以看出他习惯于在边缘厮混，我对他那一套很是熟稔，比他可能猜到的更游刃有余。对他来说，我只是另一个籍籍无名的专业人士，对他的世界一无所知。但他错了，并且这对我和他谈话非常有用。我想听他说话，更重要的是，我想听他选择对我说什么。卡尔以为他了解我，然而他完全不明白我。我得从他谎言和操纵的残骸中打捞出真相，这才是真正的挑战。

我和卡尔会面的原因，与我和文森特会面的原因一样，是为了谈论他的伴侣被杀害这件事——这场杀戮令她伤痕累累，尸骸面目全非。

卡尔和文森特都是有操纵欲的人，但这一相似之处被掩盖了，因为我们目光短浅地专注于明显可见的暴力，把它当作判断他们是否危险的唯一真实的线索。卡尔用身体的暴力来操纵，而文森特不是。但他们都计划并实施了谋杀，其动机大致相同。卡尔和文森特是众多与他们相似的人的代表。

邦妮死去的那个晚上，她就知道自己有麻烦了：她以前被卡尔揍过，她记不清挨了多少回打了。她隐约感到，这一回会比她以前经历过的都要难熬；她曾说过，她相信他会杀了她，所以她可能怀疑自己无法从这次殴打中活下来。卡尔肯定清楚。他穿着沉重的工作靴，第一脚踢到她肋骨的时候，他就清楚了；这一次他不必再压抑，因为他已经做出了决定。他纵容自己去杀了她。暴力远远地超过了杀死邦妮所必需的程度，这是毫无理由的。这就是所谓的“过度暴力”。

邦妮是在晚上 7 点左右被杀害的，卡尔知道在那个时间他没有不在场证明。他从邦妮身上拿走了她的手机，用这个手机发送短信，让她看起来一直到午夜时分还活着。他确保他给了自己一个不错的午夜之后不在场的证明。当天晚上，他甚至不怕麻烦地让自己被镇上酒馆和俱乐部的闭路电视摄像头给拍到了。他试图造成这样的假象，就好像她离开他去了镇上的另一个地方。这是一次笨拙的逃脱谋杀的尝试，当邦妮被丢弃在垃圾箱里的手机被发现时，短信很快就被证明是伪造的。手机定位分析（一种当电话和短信发出和接收时追踪手机位置的方法）拆穿了卡尔的谎言，并且手机上邦妮的血液中有他的指纹。

几天后，当邦妮的尸体被发现时，卡尔立即成了嫌疑人。警察迅速地逮捕了他，但他否认牵涉其中，以为自己很机灵。

有意思的是，在一场计划好的谋杀后，人们最常感受到的情绪不是恐惧和愧疚，而是如释重负。我们以为人们会给他们所干的事情震骇到，如果凶杀确实是自然而然地、出于激情而发生的，这是一个合理的预期。但那天晚上卡尔对邦妮的暴行并不是自然的、出于激情的，它是深思熟虑的。

*

作为一个女性，大多数的时候我不得不在无法依靠身体蛮力的情况下争取我的人身安全。在街头打斗中，我的身体力量、敏捷性和技巧都不能战胜比我强壮得多也更善于打架斗殴的男人。我为什么要这么做呢？在一生中的大部分时间里，我不得不和那些有可能很危险的人博弈，这样他们才不会攻击我。从校园霸凌开始，然后成为一名警员，再然后在音乐节和俱乐部享受边缘的生活，这相当能锻炼人。不过同样的话也适用于各种工作、各种情况下的大部分人。因此，我们都知道如何权衡利弊。

然而，面对一个胜算几无的威胁，而不是处于一个你可以尽力保护自己的环境，这还是非常不同的。我认为，当我们解读女性对威胁、暴力和恐惧的反应时，这一点往往会被忽略。

有一天晚上，当时我还是一个警员，正在独自巡逻。那想必是凌晨4点左右。街上万籁俱寂，空无一人。我正打算晃到警局去喝上一杯茶，突然间我看到有三个女人朝我奔来。三个人都大喊大叫、慌乱不安。“他有枪，”其中一个人尖声叫道，“在后面那里。”她拼命地朝着一条小小的辅路方向挥手。

我果断地告诉她们不要靠近，呼叫了支援，然后走向那条空荡荡的辅路。我刚拐进那条路，就看到前面有一个人，被路灯照亮了。他穿着一套睡衣裤，拿着一把枪。他开始非常缓慢地朝我的方向走来，枪握在齐腰高的地方，直指着我。是一把猎枪。

我停了下来，一动不动地站在路中间，主要还是出于震惊。我确信他能清楚地看到我的制服。就我所知，他与我本人或者警方并没有发生争执，大体上是如此。我没有采取任何行动去靠近他，我不知道我的双脚是否能移动。这是我第一次被一把枪正对着。这让我的思绪凝结起来：除了这一条小小的辅路，整个世界好像都消失了，唯有我和他站在其中。他继续慢慢地朝着我走来，越是靠近，那把枪就越发地垂了下去。“她们闯进了我那该死的房子，”他说道，“她们是恐怖分子。”

我迅速地意识到他说的正是那三个女人。我也很清楚，这个人可以在毫秒之间改变他自己和我的人生，并且这将是不可逆转的、灾难性的。我不认为他拿起枪是为了射杀谁；我觉得他只是想要吓唬人。我相信他更愿意选择不开枪，而不是射出子弹。

在那种情况下，有一把枪正对着我，我是男是女，甚至是不是黑带五段，都无所谓了。枪子儿可不长眼睛。这就是对你来说毫无胜算的典型例子。

对邦妮而言，让卡尔拿枪指着就是她每天的生活。她所能做的只有想方设法说服他不要扣下扳机。

如果你想知道一个被情感操纵吓坏了的受害者是什么感觉，只要把另一个人想象成一个拿着枪的人，而你百分百地相信他非常乐意射杀你。然后思考一下你认为那个人会如何行动，或者重新思考别人对你说的，他们是怎么反应和行为的。

*

因此，我在和卡尔对话之前，钻研了他的情况，并了解了他的过去。在一次长时间的激烈攻击中，他对邦妮又打又踢，致其死亡。在这之前，他多次被捕，大多数是由于暴力行为，而其中大部分又都是针对女性的。在孤身面对一个男人时，我像许多女性一样，通过特定的、带有性别审视的镜头来看待卡尔，挖掘出他不为人知的威胁。这对于大多数女性来说是很寻常的举动，她们根据男性可能造成的伤害来评估他们。我实际上发现这非常有用。这就是我想要看到的，也帮助了我解读邦妮的经历，并且让我去使用这些信息——因为我会从这次见面中幸存下来，我将活着讲述这个故事。

我走进监狱会议室的时候，里面空无一人，我必须坐在那里等候卡尔从他的牢房被带过来。房间逼仄，如果不是透过玻璃窗能清晰地看到外面站着的警卫，会让人感到有幽闭恐惧。一张桌子和四五把椅子把空间塞得满满当当的，几乎没有动弹的余地。房间四周在齐腰处都设置了长方形的红色紧急报警器，它提醒我，假如需要紧急救助，只要按下就行了。

有动静传来。我的注意力突然间被一个身材魁梧、肌肉发达、剃着光头的男人吸引住了。他穿一件紧身的、亮晃晃的白色衬衣，勾勒出上半身的轮廓：肩膀上的黑色尖角肩章和手中的钥匙表明他是一个警卫。他沿着狭窄的走廊快步走着，高耸的身躯挡住了身后一个健壮结实、略矮了一点点的男子。警卫猛地停了下来，站到一边，把那个矮一点的男子领进了我坐的房间。这个人就是卡尔。

那个警卫俯下身子，与卡尔的眼睛齐平，并用手指点着他的脸说道：“给我好好地玩儿，卡尔。”然后他看着我，笑了一笑，就走开了。

这句话更多的是卡尔和警卫之间对于他们相对权力的共同理解，而不是关于会见时对行为规范的执行——这一趟会见如同一场游戏，卡尔可以选择和我好好地玩儿，也可以不陪我玩。因为这句话，这个房间里的权力就交到了卡尔手里。而我想知道的是，如果我是一名男性，这句话是否会被说出来。卡尔的暴力不是游戏的一部分。对我来说，警卫的这句话代表了男性和女性在暴力的认知和经验上的鸿沟。

我交谈过的每一个人都说卡尔是暴力的、充满威胁的，他的犯罪记录显然也支持这一点。他体格强健，对自己的身体很有信心。当我准备和他谈话，探讨如何才能阻止他的时候，我一直在考虑这些事情。

卡尔符合更传统的家庭暴力施暴者的典型形象。在他俩的关系中，他让邦妮遭受了无数次下流又歹毒的殴打。他生性如此。认为他“就是啪地断了线”，是出于一阵无法控制的怒火而乱揍一气，并不能解释邦妮被害的原因。就像文森特一样，卡尔谋划了他的所作所为。与文森特不同的是，卡尔并未就他的罪行自首，并等待警察的到来。几天后，当邦妮被殴打的尸体被发现时，卡尔撒谎了，起初他试图否认是他干的。接着，当证据把他逼到走投无路的时候，他改变了他的说辞，告诉警方是邦妮袭击了他，而他一直在自卫。

邦妮是一个矮小的残疾女性，对卡尔不会构成任何身体上的威胁。他的陈述漏洞百出、很不高明，手机和其他一些证据都清楚地揭露了他的不实之言，但这并没有妨碍他继续对他们撒谎。然而，法官和陪审团都不相信他。他被判谋杀罪，处以强制性的无期徒刑，裁量标准为十六年（他必须在狱中度过的年数）。

此时，卡尔坐在我的对面。当我在相对安全的监狱会客室里注视着他的眼睛时，我想象着邦妮看着他的脸时可能会有什么样的感觉。没有安全网，没有长方形的红色紧急报警器，没有近在咫尺的结实强壮的警卫，但仍然明明白白地意识到他的实力。他看起来像是一个惯于暴力的人。他的身材让我想起了 BBC 肥皂剧《东区人》里臭名昭著的米切尔兄弟。当我琢磨他的脸以及看向我的方式时，我越发能理解邦妮了：我可以想象，我很可能像她曾经那样，做出许多一模一样的决定。邦妮不是问题所在，卡尔才是。

卡尔是一个好勇斗狠的恶霸，大家都知道邦妮处在危险之中。实际上，听到他终于杀死了她，并没有人感到惊讶。当我说“终于”的时候，我措辞十分谨慎，因为人们确实认为这是无可避免的，他终有一天会杀害她。不是因为他可能会决定这么做，而是因为在他习以为常的殴打中无意中就这么做了。这恰恰可以保护像卡尔这样的人，不会被看作筹谋已久的凶手。他可以被描述成他自己脾气的受害者。

使用暴力

无论如何，暴力是被使用于情感操纵中的，它帮了某些人的忙。它常被用来达成特定的目的。卡尔只会允许他自己使用暴力，他对此游刃有余，它也常常让他如愿以偿。他决定了何时、在哪里使用暴力。例如，对于那位陪同他前来会面的壮实警卫，他并没有表现出任何侵略性的迹象。此时，他对我也没有显示出任何攻击性的企图。这是他的选择，他在控制自己。

在这种情况下，让人觉得诡异的是，暴力的历史是如何保护凶手免受指责的，就像文森特从未有过暴力史，这一点也被用来为他辩护。没有证据表明文森特以前使用过暴力，所以当他这么干了，人们认为这一定是自然而然地、无法控制地爆发。

这让我想起了我参加过的一次晚宴，是由伦敦四大律师学院中的一所举办的。房间里挤满了法官和大律师[1]。我坐在一位经验老到的律师身旁，他离退休不远了。他开始跟我说起最近的一个案子，他为一个杀害了女友的男子辩护，并且对我解释了他的辩护策略。他说，检方已经证实这个人有勒死女友的前科。他以前就这么干过，所以他没有把这看成坏事，这位大律师得意洋洋地告诉我，他就用这一点来为他辩护。"我们去找了他的前女友，对陪审团说：'看，他的别的女友都没有死，那为什么这个会死呢？显而易见，这一定是个意外，并没有杀人的意图……'"大律师从他那杯酒里猛喝了一口，笑了，他说："我输了。"

在这个案例中，凶手暴力的历史被篡改、被轻描淡写了，好用来为他辩护。谋杀审判围绕着意图问题而展开，许多人认为一定会存在一个被证实的毋庸置疑的谋杀意图。然而，在英国，控方只需证明有实施严重人身伤害（GBH[2]）的意图，就可以确立证实谋杀的必要意图了。为什么这位大律师会认为，我们会把这一类暴力的历史认定为合乎情理的辩护理由呢？因为我们常常这么做。当我们论及杀害伴侣这个问题时，我们倾向于其中并没有明显的意图。我们拼命寻找理由，让这一不实之言流传。

我们为何不愿意指责那些对伴侣使用致命暴力的人，原因有很多也很复杂，其中大部分是历史和文化上的，也有一些是心理上的。

有一天，我和我的母亲聊天，我问她怎么看待杀害妻子的男人。我们正在一起准备午餐，漫无目的地聊着。"好几年前，"她说道，"我为专业人士开办了一个培训课程，地点就在温布利，人们来自世界各地。"

她停止准备食物，看向了我。

---

① 大律师（barrister），英格兰和威尔士有资格在高等法院出庭的律师。
② GBH，grievous bodily harm 的缩略语，意为"严重人身伤害"。

“有一个从美国来的女人，她有一点冷淡——你知道的，她没有融入大家，有点儿闷闷不乐。她很不好相处，真的。有一天晚上，我在酒吧里设法和她聊了一聊，问她是否喜欢这门课程以及诸如此类的问题。她告诉我，她的丈夫对她前来非常生气；他不喜欢她远行到英国；他觉得她应该待在家里。但她对他说，她确实别无选择：她必须来上这门课，这是她工作的一部分。”

“我猜这就是她闷闷不乐的原因吧。”我说道。

“是的，”我的母亲回答道，“不过就在她回到美国的那一天，他用一个酒瓶杀死了她。”

我母亲转过身去，继续去剁碎食物。沉默了许久之后，她背对着我总结道：“我料想他妒性很大。”

这个故事虽然很短，但它揭示了很多东西。首先，这种主题影响深远——我是说每个人都有一个故事，家庭暴力在某些时候以某种方式触动了大多数人，即使只是从远处来看也是如此。其次，我母亲和我在谈论这一暴行的时候，不仅仅跨越了空间，因为这个故事发生在离我们有半个地球那么远的地方，它还穿越了时间：这个故事发生在四十年前。在全世界，这是一个由来已久、反复出现的问题。第三，对我来说也最为发人深省的，是我母亲对这起谋杀的解释是多么简单和轻易：妒性。谋杀真的是这样一种出于嫉妒的天性流露，是这般合乎情理的解释，以至于它就这么无声无息地进入了人们最为随意日常的谈话了吗？我们全都能理解用嫉妒作为托词的谋杀，因为这长久以来已经是我们文化脚本①的一部分了。我们特别愿意原谅男性针对他们伴侣的凶杀暴力，接受他们是感到嫉妒了的借口。所谓的激情犯罪以嫉妒为主角，多年来一直在引导着凶杀审判中的法律论据与辩护。

---

① 文化脚本（cultural script），由波兰裔语义学家韦日比茨卡（Anna Wierzbicka）于20世纪90年代提出，指文化中特有的一套价值观念和准则，这些观念和准则可以借助自然语义元语言（Natural Semantic Metalanguage）加以描写。

2009年，时任平等事务部部长的哈里特·哈曼（Harriet Harman）提出了一项议案，要求不再把性出轨作为谋杀辩护的一部分。当时，这项议案遇到了激烈的反对，在上议院遭到否决，一名退休的法官和上议院高级大法官称这项议案“令人极其厌恶”；其他人则表示担忧，认为它会颠覆那些声称激情犯罪的辩护，而这是不公平的。我发现这不仅令人震惊，而且令人不寒而栗。然而，立法还是通过了，规定发现婚外情并不足以成为谋杀伴侣的理由。2012年，法官们削弱了这一条，判定在某些案件中可以那么做。这些正式的、高层次的法律和政治的争论表明了这种观点是怎样的根深蒂固。否则为什么反对人们以性出轨作为谋杀理由的提议会被形容为“令人厌恶的”呢？

这里还混合了积习难改的性别歧视的观念，因为长期以来人们认为男人和女人要遵从不同的性准则，并且基本上是男性在主张这种辩护；还有一个相当重要的原因，那就是主要是身为凶手的他们在辩称“激情犯罪”。

卡尔暴力的证据就存在于他的过去，但我们必须更深入地研究，判断暴力是可控的还是不可控的。使用暴力是因为你游刃有余并且发现它行之有效，抑或使用暴力是因为你无法控制自己的冲动，这两者是有差别的。如果你可以等待时机来用它，如果你可以谋划着来用它，你就是在做出选择。

指责

当准备和卡尔对话时，我正在思考所有这些问题。

卡尔坐在桌子的对面，没给我太多视线上的关注。事实上，在整个会面过程中，他从未进行过长时间的眼神上的直接接触。然而，他是有备而来的，他紧紧地捏着一堆文件。当我开始介绍自己时，他整理了起来。他短暂地抬头瞥了一眼，又往下看，然后把文件推向我。

“你可以帮我上诉。”他直白地说道。

显而易见，他对我何以出现在那里做出了假设。我开始解释我想谈的话题，但他并不真正感兴趣。卡尔只对他要说的话有兴趣。

“瞧，”他说道，“我不应该因为谋杀而被判刑。我尝试告诉他们，但他们不愿意听我说话。我只是需要去看医生，得到精神疾病的诊断。这是审判不当，这才是事实。”

据我所知，卡尔没有任何精神疾病的正式诊断，但他坚持他受到阻挠，未能得到恰当的救助。他肯定是想掌控这场会面进行的方式——我会为他做什么，以及我该如何为他做。我并没有试图抗拒他。我早就知道，当他不能为所欲为时是何等模样了，对此我再不需要多知道一分一毫。

他继续拉扯，称他的定罪是不公平的。他提出了一个又一个的借口，以及一个又一个的理由来说明何以他不该为谋杀邦妮而被定罪。他不再否认他杀害了她，但他坚持他只应被判过失杀人罪，并且扬言他将对判决提出上诉。他和文森特一样，把自己描绘成当时情境下真正的受害者。

“如果他们帮了我，”他继续说道，“如果他们听了我的话，那这一切就永远不会发生了。这是他们的错。他们就应该让她远远地避开我。”

“你是指什么？”

“我摆脱不了她，”他说道，“他们应当叫她走开，因为她一直在骚扰我。”

这真是惊天的逆转：应该被阻止的不是他，而是*她*。他的想法全然地只专注于他自己以及他眼中所见，邦妮几乎不作为一个拥有自己权利的人存在。他希望人人都按照他的需求来解释一切。

“他们一定都很清楚，但他们无所作为；他们应该告诉她的；是他们把事情搞得越发不可收拾了，”他继续叨叨，“我不敢相信他们

（陪审团）都反对我，”他说道，“就好像他们根本没在听。”

卡尔开始焦躁起来，不过这是由于所有人——陪审团、警察、医生——都没有顺着他的角度来考虑，也没有原谅他。他毫无悔恨，除了自己的看法以外，他没有想过其他可能。

他从未提过邦妮的名字，只说了一句：“是啊，她死了真是可惜。”就好像她是死于一场意外。

“有人要死。”他说道。

“为什么?”我问道。

“因为它总是会那么发生。他们应该阻止的。他们肯定知道我是给逼到那个份上的。”

“他们怎么阻止你?”

“他们应该叫她躲远点，别让她把我惹急了。”

他试图把规范自己行为的责任推到别人的身上，而不是他本人。比如，他应当受到保护，免得人们“激怒了”他，而不是保护别人免遭他的侵犯和暴力。他不应当在监狱里，应该别让他们惹急他。正如我所说的，一个惊天的逆转。

“你可以帮我把它们纠正过来。”他说道。

看起来似乎是卡尔正在试图操纵我去做些什么，左右我对邦妮和审判的看法。但当我透过他那副金属细边的眼镜，注视着他那双冷漠的蓝色眼睛时，我发现这并非想要控制我，也不是为了卡尔自己。我茅塞顿开：这操纵是假装的。

人格障碍与精神病态

漫不经心的态度，就像卡尔所表现的，在有反社会型人格障碍的人身上并不罕见。人格障碍会影响一个人思考以及与他人交往的方式，而具备反社会型人格障碍的人往往善于操纵别人、欺瞒哄骗，并且冷漠无情。其严重程度各有不同，广义地说，那些处于谱系内较为严重一端的人可能会被视为精神病态。精神病态和反社会型人格障碍可以这样诊断，但严格来说并不被当作精神疾病。患有这类障碍的人通常以不一样的方式来感知和体会以他们为中心的世界。大体上，他们是行为正常的个体，往往拥有貌似寻常的工作和生活。然而，对于反社会型人格障碍的人来说，操纵和暴力并不少见。

自恋型人格障碍也和情感操纵以及家庭暴力有关。这种人或许是傲慢的、爱控制的、以自我为中心的；他们可能需要或是觉得他们有资格得到别人的赞叹，并且看上去缺乏同理心。他们对批评格外敏感——我称之为"脸皮薄"。即使这些行为十分明显，还给他们带来了麻烦，他们也不太可能改变，他们会认为问题存在于他人身上，或者是由于别人的错误。自恋型人格障碍和精神病态有许多共同的性格特征，和这类人一起生活时会遭受暴力，并且难以摆脱。

加拿大心理学家罗伯特·黑尔（Robert Hare）教授于20世纪70年代首次制定了"精神病态核查表"。它列出了我们可能会在这一类人身上看到的人格特征、行为举止和既往史，以此帮助我们识别精神病态。精神病态感知世界的方式与非精神病态不同；对他们来说，世界围绕着他们的迫切需求而旋转，他们往往会不顾一切地确保他们的需求得到满足。他们不会感到同情，更不可能产生同理心。

黑尔教授说，精神病态活在当下，既不沉湎过去，也不绸缪将来。在他们的世界里，人们基本上分成了赢家和输家两大类；或者如黑尔教授所说的，捕猎者和猎物。人生就是一场要打赢的战争。

当然，在实际生活中，世界并不是以这样的方式分而裂之的。即使我们相信生活可以被视为一连串的有输有赢的战争，我们大多数人还是会接受"有得必有失"的现实。我们大多数人不会对每一件事情都这么争强斗狠或者求胜心切。我们不会竭尽我们所能，而罔顾对我们自己或别人所造成的后果。但卡尔这样的人就会。

具备强烈的精神病态特征的人不太擅长进行直观的互动对话。这些对话当然可以是操纵性的、貌似有理的，但它们通常是经过练习的脚本和举止。当脚本被打破，或者当他们面临没有他们所熟知的脚本可以遵循的情境时，他们就不太知道怎么往下进行。有时候，他们不得不“脱离脚本”来应对，这时就会在不知不觉中泄露他们的真容，因为他们的回应可能会不合时宜，有时甚至离奇古怪。这是我在和像卡尔这样的人对话时所发现的真正耐人寻味之处。

在相当早的时候，邦妮有机会认识到卡尔其实并不像他最初看起来那么好：他很有可能会在邦妮未能配合他所期待的那些时刻露出行迹。卡尔多半学习了大量的脚本，以便随心所欲地进行操纵；有些可能是浪漫的，有些可能是暴力和恐怖的。卡尔知晓这些脚本所造成的后果。为了尽力确保自己的安全，邦妮或许已经学会了应对这些脚本；有时候管用，有时候并不管用。

邦妮被普遍地形容为善良又体贴。她是一位母亲，也是一个关系亲密的大家庭的一员，因此邦妮并不缺乏她与卡尔之间冲突的见证者。当警察深更半夜出警，找他“说道说道”的时候，他们全都看见了；她哭喊着说她有多害怕他的时候，他们全都听见了；当邦妮脖子上有瘀伤，她找理由搪塞其来源的时候，他们全都试图当作没看见；并且，他们互相之间全都讨论过，他们到底有多恨卡尔。

邦妮开始揣测他对事物的反应，并随之改变自己的行为，竭尽全力让他变得没有威胁。她想要保护家人免遭他的伤害。他曾经恐吓过他们，当邦妮试图躲起来，而他去寻找她的时候，甚至跑到了他们的家里，要是他们不透露她的下落，他就要他们走着瞧。他甚至揍了一名男性亲戚，这就意味着邦妮在受到恐吓时，不再会求助于家人。

当这段关系发展到这一节点的时候，可能已经太晚了，很难毫发无伤地摆脱它。邦妮应该很清楚卡尔的能耐，离开他，对她来说很可能不是一个好选择。他不会允许的。

我相信卡尔患有反社会型人格障碍，甚至很可能罹患了精神病态，尽管从未有过任何正式的诊断。许多类似于卡尔的施暴者确实有这样的障碍，或至少拥有那些使他们显得冷酷无情、自我中心的人格特征。我第一次得出这个结论，是遇到了一个被定罪的杀人犯的前女友，当时我正和她谈及她的经历。这个男人杀害了他下一任的女友，并被确诊为反社会型人格障碍。

"我糊里糊涂地竟然活下来了，"她对我说道，"我太像她了。我本该是又一个她。有一天，你知道的，他拿一根绳子套住了我的脖子。他说，每个人都会认为我是自杀，他永远不会被怀疑。他很清楚我吓坏了。我真的以为他会这么做。他是笑着的，他非常享受。"

她说了很久，谈到一些他所施加于她的虐待，那些重复了一次又一次的暴力和操纵的模式。她表现出一些创伤后应激障碍（PTSD[①]）的症状，对此我一点都不惊讶。下一任女友的死亡给她带来了沉重的打击。她从电视上听说了这件事，震惊像一阵突如其来的浪潮，唤醒了全部的创伤和不安。

"每当我试图告诉每一个人，我非常害怕他，而且我认为他会杀了我，我总是在想这不是真的——我没办法让他们相信我，"她对我说道，"当我听说了她，那个被杀死的人，突然一切都是真的了。我真的有可能成为她，这太令人震惊了。我就差那么一点儿了。"

这名女子讲述了在某种程度上，她是如何保护自己，从而忘却她的伴侣困住她的那个世界；而当下一任女友去世时，所有的滤镜都脱落了，余震吓坏了她："他们很清楚他有这个能耐，但是他们看着我的眼神，有点儿像是如果不是我一直念念不忘，我不会那么害怕的。但我给吓破胆了，不敢不往回看，你懂我的意思的吧。"

并不是所有控制欲强的人都有反社会型人格障碍或者是精神病态。许多人之所以开始操纵，是出于一系列复杂的原因：这可能与过

① PTSD，post-traumatic stress disorder 的缩略语，意为"创伤后应激障碍"。

去对他们产生影响的事情有关，掩盖于社会对关系的期待和信息中——尤其涉及关系中的等级。这是一个错综复杂的领域。比如，文森特的不公平之感可以追溯到他的童年时期，很可能有一部分是源于不良经历。然而，我并不在意去了解像文森特和卡尔这样的人是如何变得有操纵欲的，我更关心的是他们在操纵这一事实。

邦妮和唐娜都被吓坏了，她们所恐惧的事情大致相同：如果她们不照办操纵她们的人的期望和要求，会发生什么？从外表看，文森特是无害的，卡尔则不然；然而，他们两个都有能力谋划并执行一场谋杀。

*

加文·德·贝克尔（Gavin de Becker）是一名世界危险预测专家，也是《恐惧给你的礼物》（*The Gift of Fear*）的作者，他认为“女性一直生活在警惕之中”，并且“她们的生活的的确确处于危险当中，而这是男性从未经历的”。不管她们有多么自信和多有能力，大多数女性与恐惧的关系跟男性所具有的确实不同。

我记得有一次我被当作抢劫、强奸犯罪者的诱饵。有许多投诉称，一个单身的男子在夜晚跟踪女性，并对她们实施性侵犯。我的警长决定让我身穿便衣在已知的这名男子作案的地区巡逻。我有一个对讲机可以呼叫支援，我的同事知道我在做什么、我在哪里。就这些了。没有人跟我在一起，我也没有武器。我无法想象现在会发生这样的事情。我知道如果我呼救的话，救援会迅速抵达，但最快也需要五到十分钟，在这么短的时间里可以发生很多状况了。

当我在悄无声息的黑暗中行走，望向那条长长的据说是男子发起袭击的人行道时，我下定决心再也不做这种事。即使他们在每一条小路的尽头都安插了一位同事，我也不认为我想要继续下去。

现实世界与假想的情境是迥然不同的。当情感只是被想象的，它远没有那么强大的震撼。实际经历的严重威胁与想象中的严重威胁是不同的。想象力会激起“我本来会这么做”或者“你为什么不这么做”的回应。在简报室里，想象袭击者针对我的行为会与对另一位女性的不同，这对我来说是没问题的。想象救援会比现实中可能来的要快得多，这也要容易一些；更容易忘记的是我会感到害怕，还有那些地方加诸我身体和心理上的额外负担；还很容易忘记我是一个人，以及这种想法所带来的压力。在某种程度上，我感觉不能说我给吓坏了——那会是什么样子？

我确实在外面搜寻那个强奸犯了，不过只待了一个小时：我真的不能再待更长时间了。我换回了制服，继续在那一带巡逻；我觉得这给了我一层额外的保护。警长不该让我独自一人处于那种境地，并非因为我是一个女人，而是因为任何一个警员都不应该充当孤独无援的诱饵，无论男女。我想这也提出了一种可能性，即人们并不认为“性攻击”是性命攸关的，犯罪者仅仅被当作是有病的，而不是危险的。没有人担心我的安危。

从很小的时候起，女性就被明里暗里地教导，男性对她们来说是危险的，尤其是在性侵犯和家庭暴力的情况中，她们应该设法先发制人并且避而远之。

这些教诲刻入了大多数女性的骨髓里，它们使得对潜在危险的防护变得习以为常。其中有一条训诫是，保持安全的最佳办法是恪守责任，并且避免招惹男性。女性可以通过她们的行为举止、穿着打扮、说话方式或者饮酒量的多少来控制针对她们的暴力，这已经成为一个都市神话了。这是一个危险的神话，它在我们的媒体、家庭和社区以及法庭上屡见不鲜。在现代社会评论中，它被称为“受害者有罪”。它定义了社会制度和信仰体系是如何强调他们认为女性可以更有效地防护好自己的安全，而不是“自找麻烦”的方式。比如在强奸案中，女性的性生活和着装风格往往会被提出来，以此证明她也有过错，因为她没有打理好自己的安全。这意味着我们期望女性必须始终未雨绸缪，总是考虑到可能存在的危险。它还暗示，如果女性不去招惹男性，他暴力或者虐待的过往就不会重演。

当然，这些都是虚妄的神话。

在女性触发之前，家庭暴力的操纵模式并不会处于休眠状态。它们是始终活跃着的。操纵模式并不是响应，它们是执行和监督操纵的系统：永远在那里，永远在伺机而动。

重复的模式

拉斐尔的故事相当耐人寻味。他是一个很好的例子，说明了有操纵欲的人是如何重复他们的行为和模式的，以及为什么他们的历史很重要。

我想首先从拉斐尔的角度来讲述这个故事，来展示当他反复考虑和索菲亚关系破裂时的想法。在某种程度上，这是基于他本人和其他相关人士对事件以及对他的想法的描述改编而来的。以这种方式来讲述，可以让我们深入地洞察类似于拉斐尔的人以及他们的受害者的动机和心理。

拉斐尔独自一人坐在他那间平淡无奇的公寓里，他十分气恼。他飞快地喝完了最后一点咖啡，在满溢出来的烟灰缸里捻灭了香烟。他的手机显示 0 点 14 分，但他压根没想睡觉。他正在想索菲亚。他待在这里，而不是在他们共同的家，这全都是她的错。她就是知道怎么激怒他，她知道她要是做了他会怎么样，但她还是这么做了。他缓慢地站起来，下定了决心：这一回他不会让她得逞了，他不会再听她胡言乱语了。是他来决定什么时候结束，而不是她。他走出前门，步入黑暗、寂静的街道。

3 点 04 分，他走到加油站，他知道索菲亚在那里上夜班。他站在上了锁的玻璃门前，看着她忙乎，继续着她的生活，丝毫也没有想到他和他的痛苦。

她透过窗户看到了他，他笑着挥手。他想象自己遭受的不公正，这发自内心的折磨推动着他前进。甚至在那一刻，他还记起了家里墙壁上那道长长的黑色印子，那是在一次争吵中索菲亚跌下楼梯时鞋子刮出的擦痕。她的脸颊因此骨折，人们为此叫来救护车，还有警察。这对她来说还不够。她尖声喊叫，说是他把她扔下去的，骂他是个混蛋、是个恶霸，这都叫他难堪。

当她为他打开门时，他脸上挂着得意的笑容。警察已经看透了她的真面目，他心里这么认为，他们知道她是一个骗子和婊子。要是他们相信她的话，为什么他们在警告他别惹麻烦并且释放他之前，没有让他在监狱里待上超过二十四小时呢？

索菲亚翻了个白眼，问他在那里干什么。他慢慢地往前走，面带笑容。他迫不及待地想看看她顿然醒悟时脸上的表情。

突然之间，他把她拉到身边，她尖叫起来。他用双手掐住她的喉咙，止住了她的叫声。他很清楚他们在闭路电视摄像头的监控之外——他早就这么谋划好了。

"对不起，"索菲亚勉强喘着气说，"我很抱歉。"

某种深刻的原始的本能告诉了索菲亚该说些什么。她过去所有的有关拉斐尔的经验在不到一秒的时间里迅猛地涌向大脑的过滤系统。

不知道为什么，在那个特别的夜晚，在那个特别的时刻，这就是他想听到的话。他站在她身旁，听她努力承认错误。不知道为什么，在那个特别的夜晚，在那个特别的时刻，他停手了，确信他控制住了局面。又轮到他掌控了。

拉斐尔要了一包香烟。

3 点 36 分，警察到了—— 一个路人听到了尖叫声，打了报警电话。

拉斐尔被逮捕了，当他被带上一辆等候的警车时，索菲亚又愤怒又惊恐，对着他尖叫不止。

人们仍然坚信，家庭暴力是夫妻之间的问题，而不是个人的危险行为。我曾经听专家说，他们不应在这一类争端中偏袒任何一方，就好像它们只是吵架，而不是有关操纵的平权运动。不应该忽视这样一段历史：它把操纵和暴力视为两个人之间的争端，其中双方都有同样的责任。这是一种错误的判断。

索菲亚拿到了限制令。

一个月后，拉斐尔认识了奥尔拉，他对她讲起有关他的疯狂前妻的所有事情，说她打电话给警察，还编造了关于他的谎言。奥尔拉很有同情心，她听说过很多不太妙的分手故事。奥尔拉不清楚她听到的东西有多重要，但那里面有点儿令人不舒服，这是直觉在告诉她，在拉斐尔身上看到了她无法信任的东西。不过她觉得听从直觉的话，显得武断又无礼，就放到一边去了。

过了一段时间，奥尔拉发现拉斐尔是一个难以相处的人。他不喜欢她的家人，他们也对他没有好感。他想要控制她所做的一切，而她发现自己过着如履薄冰的生活。有一天，奥尔拉觉得她受够了。

“结束吧，”她说道，“我们两个人都不开心，这只会让我们两个都痛苦不堪。是时候离开了，拉斐尔。我们俩都心知肚明，不是吗?”

拉斐尔并不同意，他试图让奥尔拉重新考虑，但她又客气又坚决。拉斐尔搬走了，不过他十分恼火。他告诉他的朋友们，他知道肯定有另外一个男人存在，他要去查清楚发生了什么事情。他说他不打算接受。

一天晚上，奥尔拉外出和朋友们喝酒，拉斐尔让自己“偶遇”了她。他走到她面前去打招呼。他询问，他是否可以“就说几句话”。奥尔拉有点恼怒，不过为了避免与他争吵的尴尬，也不想在大家面前给他难堪，她同意出去，坐进了他的车子，最后一次聊一聊。两天后，她的尸体被人发现了。

他重新获得了控制权，他再一次取得了平衡，他赢了。拉斐尔若无其事地过着日子，很快就在他工作的地毯店被捕。他被带走时，同事们站在那里目瞪口呆。他没有否认杀害了奥尔拉，但他告诉警方，她必须知道她不能那样对待他。

历史的力量

与我们通常认为的相反，一个人的过去很重要是因为，比如说，像拉斐尔所制造的问题是他天性的一部分，而不是源于他和奥尔拉或者他和索菲亚之间独一无二的交往。制造问题的不是索菲亚，也不是奥尔拉，而是拉斐尔。不管他去哪里，不管他和谁在一起，他都会搞出那些事情。但拉斐尔认为这些问题出在他的伴侣身上，他觉得自己才是受害者，他遭受了不公平。拉斐尔实际上经历了两次我们所知的八个阶段：这是一段够可以的历史。

一个人过去的暴力、操纵和跟踪行为有很强的可预测性，警方可以据此向新的伴侣披露这个人之前的危险行径。同样，如果伴侣感到担忧或者心存疑虑，如今他们有权要求警方提供这些信息。在英国，这个方案通常被称为“克莱尔法案（Clare's Law）披露”，是克莱尔·伍德的家人发起请愿运动的结果。克莱尔在2009年被她的有暴力侵害女性历史的前男友乔治·阿普尔顿勒死并焚尸。克莱尔的父亲说，如果她了解乔治·阿普尔顿以前暴力的全部情形，他相信她就会还活着。

卡尔的过去对邦妮是敞开的，警方认为她应当知道他曾因严重袭击前女友而入狱。但知道某人危险是一回事，能安全离开则完全是另一回事。

不幸的是，我们的司法系统并没有提供任何保证：仅仅由于某人被逮捕、被起诉甚至被定罪，并不意味着受害者得到了保护。当受害者朝着有操纵欲的施暴者发起猛烈的挑战时，她们是在冒险。她们需要知道她们是有备而来并且万无一失的；她们需要更多地信任这个系统，而不是忧心于离开的后果；这是一场豪赌。没有人能保证法庭上会发生什么。如果我们再加上家事法庭[①]的保密和僵化，这也难怪受害者会撤回投诉，重新尝试“打理”她们自己的安全。

然而人们发现，当司法系统做了它应该做的事情，受害者也确实求助了警方以及这个系统，就会有更好的结果。这一切全都与专业人士的技能、受害者的信任以及系统的尽职尽责有关。与我还是一个警员的时候相比，现在的部门有了显著的改善。我一直在帮助建立专业的部门来评估、管理风险和威胁。英国确立了诸如《跟踪保护令》（*Stalking Protection Orders*）这样的新法令，许多地方的立法已经把暴力行为定为犯罪。人们越来越认识到非暴力的虐待和操纵，也越来越意识到跟踪的风险。有专门的受害者游说团体和案例风险的协商会议。专家们更深刻地认识到了受害者所面临的困难，也有许多有专长、有激情的人致力于援助情感操纵和跟踪的受害者。但仍然有很多工作要做。我们可以改进我们使用权力的方式，更好地管控有操纵欲的人，并在这一前提下提高对操纵模式的认知。当我们认识到操纵和暴力的人是十分危险的，而这不仅仅是一段糟糕的关系时，我们就能迎来最为重大的改变。

有人主张，应该给那些人机会，让他们忘却过去、忘却历史、洗心革面。有时候也有人认为，某个人的历史是他们的私事。在情感操纵和跟踪的情形下，如果这些人曾经谋求干预来设法解决他们的问题，那么这个论点或许能更有说服力。没有干预就意味着没有改变，也意味着他们的模式将会一再重复。这些是模式，而不是铜墙铁壁；也就是说，包含于其中的意外或事件，与过去和将来都息息相关。

---

① 家事法庭（family court），主要处理婚姻、遗嘱、收养、家庭暴力等类型的案件。

家庭暴力登记

2018年1月，伦敦议会[①]的莱恩·杜瓦尔（Len Duvall）发起了一项运动，倡议建立类似性侵犯登记的家庭暴力登记。它由萨曼莎·施鲁斯伯里等请愿人士在全国范围内推广。萨曼莎是十七岁的杰登·帕金森的母亲，后者于2013年被她的前男友杀害。我认为登记是一个很棒的点子，我一直支持这一运动。如果运用得当，登记会有助于识别那些存在潜在危险的人，同时也向他们和其他人传递了社会并非和谐一致的信息。

然而大多数有操纵欲的人从未引起过警方或法院的注意，所以永远不会被登记在册。在唐娜死后，文森特的操纵行为才为警方所知。许多受害者从未报警。因此，从这个角度来看，我们将不得不接受，登记无法包罗那些屡屡再犯的施虐者——它不会涵盖所有的高风险人员——但这是一个不错的开始，能识别出众多的操纵者，让他们以及像他们的那一类人知晓，他们已经在警方和社会的掌控之中了。

登记能告诉我们，名列其中的每一个人都处于凶杀时间轴的第一个阶段。它或许也能改变我们对此的探讨，让大家清晰地认识到这些人在重复他们的模式，他们是危险的。现在我们还没有做出这样的声明，这种情况应当有所变革。

使历史可见：报告暴力与操纵

有一天，我在英格兰南部一个城市的刑事法院[②]里旁听了一场审判。法庭上空荡荡的：只有法律团队和两三个普通人，我猜是本案主

---

① 伦敦议会（the London Assembly），指大伦敦的市议会，由二十五名议员组成，与伦敦市长同期选举，负责监督市长的施政，修正预算，以及对重大法案提出意见等。

② 刑事法院（the Crown Court），又译作王冠法院，受理地区法院移送的案件。

要受害者的亲朋好友。一位名叫马丁的男子被控袭击了他的女友，尽管他有前科，但要给他定罪还是很有难度。

马丁身穿一件朴素的浅蓝色衬衣，头发梳理得十分整齐。他坐在被告席上，四周隔着玻璃屏障。他正对着法官，陪审团在他的一侧。他大部分时间都坐着不动，但偶尔会在便签本上写几句，并轻敲玻璃来引起他律师的注意。他曾提出无罪辩护。

检方辩称，事发当晚马丁和他的女友在他们经常光顾的一家酒吧里。他们一直在争吵，据目击者说，这也是司空见惯的。离开时，他们还在停车场里继续争执，据称在某一个时刻，马丁上了自己的车子并朝他的女友开去。又据称，他下车后用双手掐住女友的喉咙，并开始越掐越紧，但在其他人靠近时，他逃跑了。他女友的小腿受了伤，脖子和喉咙处有红色的伤痕，这些都有照片记录为凭。

检方认为马丁是一个经常使用暴力的人，为他的女友遭受更严重的暴力带来了实际风险。马丁否认了这一指控。他的辩护团队辩称，他的女友怀恨在心，她对家暴的投诉是捏造的，因为她想要对马丁离开她进行报复。

马丁的女友被传唤为证人。我看着她走过法庭，并不像是一个得意洋洋、即将赢得复仇游戏的胜利者——完全不是那样的。她站在证人席上，脸上无悲无喜。她站得相当笔直，一只手伸在前面，搁在木头边上。她没有看马丁。

检方律师开始询问她关于那个晚上马丁袭击她的事情。

"我记不清了。"她面无表情地说道。

"但是你报了警，不是吗？"

"我真的不知道那个晚上发生了什么，"她回答道，"我就是什么都不记得了。"

马丁双臂交叉抱胸，目不转睛地看着她。

"但你当晚给警方做了一份笔录，"他接着说道，"要我念给你听吗？”

“我不管你怎么做，我就是不记得了。”她挑衅地说道。

她自始至终都没有看过马丁一眼。不管是来自检方的询问，还是来自辩方的质疑，她都不予回应。

律师要求法官把她当作敌意证人来对待。这是指证人不愿意做任何指证，甚至看起来有可能对法庭作伪证。这意味着他们可以被区别对待。

我能感觉到法庭上没有人同情马丁的女友。他们多半会认为她正在对所发生的事情撒谎，他们也有可能认为她害怕马丁，但没有人会信她什么都不记得了。马丁的女友恐怕正在让陪审团弃她而去。

接着又传唤了另外一位证人，是他们俩共同的朋友。她给出了当天晚上所发生之事以及这对情侣关系如何的证据。她很是自信，似乎极力想要保持中立，就好像她不想偏袒任何一方。她告诉法庭，马丁经常使用暴力，也很好斗。她说这对情侣没日没夜地吵架，她说她只是想说出真相。

当离开证人席时，她不得不从马丁身旁经过。他们望着对方，然后她对他笑了。我看见她在经过时，用唇语对他说：“对不起，亲爱的。”她看起来十分矛盾。我猜她对这两位都有好感。

为什么这个女人会感到矛盾？为什么马丁的暴力没有引起她的反感？

在我还是一名警员的时候，有一个被列为极度危险的男人，他身材又高又壮，总是和人发起争端，仅仅因为心血来潮就会去揍人。他会走进一家商店或者酒吧，就那么开始找别人麻烦。他对他的女友和孩子有很强的操纵欲，也十分暴力。每当接到报警，说这位男士——我将称他为史蒂维——又卷入一场冲突时，我们从未派出少于四位的警员来逮捕他。然而尽管如此，一些警员宣称理解他、喜爱他，把这样做视为一种荣誉勋章。在有些男人之间有一种尊敬是我根本不敢苟同的。我记得有一位警员公然吹嘘说，他和史蒂维有特别的情谊，他们相处得很不错。这可能是一种错误的尝试，想要分享史蒂维的声名“所散发的荣光”。对我的某些同事来说，史蒂维的暴力并不能成为谴责他的缘由。我至今仍然不能完全理解，我们何以对这种暴行如此宽宥。在大多数情况下，这是由于人并不是单向度的；即使是残暴、下流的人也有其合理之处，或者说是“美好的一面”。我所忧虑的是，不追究这些人的责任，或者对这些一再发生的暴力施以同情，可能看起来会像是站在他们那一边。

我记得有一天看见史蒂维就在我前面。那是下午两点左右，我刚开始值班。他的形貌十分特别，主要是他太高大了，走起路来很是咄咄逼人。我内心深处有种感觉，让我想要转身去走另一条路。我当然不会做这种事。我继续向他走去，想知道他是否能按捺住不找我麻烦。他还在前面挺远的地方，并没有瞧见我。突然间他冲到路中央，对着一辆朝他驶来的汽车“开大脚球”一般踢了过去。汽车转向避开他，幸运的是没有人受伤。我叹了一口气，一阵阴郁的感觉笼罩了我。我甚至在和史蒂维开口之前就立即呼叫了支援，因为我知道我必须逮捕他，我也知道他把这个视为他要赢的挑战，尽管我只有五英尺四英寸，而他身高远远超过六英尺，身材魁梧。一位老妇人走近我，指着他喊道：“那你打算拿他怎么办啊？”

我走近史蒂维，他就站在那里大笑。我刚要开口说话，他就伸出手来，猛地抓住我的衣领，逼近我，直瞪瞪地看着我。那是一个艰难的时刻。那位妇人仍然站在那里旁观。我很清楚靠我自己不能强迫他戴上手铐——然而，即使在同样的情形下，我任何一个男性同事也不能做到，这需要好几个人。因此，我看着他，悄声对他说话。

“史蒂维，这对我俩都不好。”

他放手了，但还是大笑不停。

“你就让他这样对待你吗？”那位老妇人大声喊道。

“一切都很好，不用担心。”我回道，眼睛死死地盯着史蒂维。就在这时，我的支援们坐着一辆福特全顺厢式车赶到了，蓝色警灯闪烁，急速驶来。史蒂维非但没有被吓到，反而冲向车子，挑起了一场混战。约有十名警员忙忙乱乱地从后车厢里出来，经过好一番搏斗，才设法让他戴上手铐，被押进车里。

值班的大部分时间里，我都在想他让他的女友遭受了什么。不久之后，当我因为一件无关的事情有机会访问她的时候，终于找到了答案。她指控史蒂维揍了她。她还想申请限制令，不让他靠近。她形容他是一个“彻头彻尾的疯子”，声音中带着些许愤怒，说道：“他不怕警察。我不知道怎么摆脱他。”她的母亲和她在一起，同样害怕史蒂维，但这两个女人决心上法庭。

我陪着她们，我还记得去地区法院①提供针对史蒂维的证据时我内心的焦虑；但与她俩的焦虑相比，这不值一提。想象一下吧：要反抗一个要一车警员才能拿下的男人。这与邦妮从卡尔那里感受到的情形十分相似。在这种情况下，不难想象为什么受害者会撤回她们的指控。挑战一个有操纵欲的人的后果并不总是暴力的，但往往令人备感威胁、痛苦难耐。

我最近检索了史蒂维的信息。我发现他被判有多起家庭暴力罪，是一名被殴打致死的女性谋杀案的嫌疑人，尽管他从未被起诉；他有数百项犯罪记录，与卡尔半斤八两。

*

在刑事法院，马丁对袭击女友提出了无罪申诉，而法庭上的每一个人都知道他曾因勒死第一任妻子而被判终身监禁。

当一个人被判终身监禁时，他们只用在监狱里服刑一部分时间。

---

① 地区法院（magistrates' court），又译作治安法院、裁判法院，是最基层的刑事法院，也受理少部分民事案件，如婚姻家庭问题。

他们必须待在监狱里的年份期限被称为“裁量标准”。获得特许释放以后，余下的刑期通常可以在监外执行。这意味着如果他们违反假释条例，他们随时可能被召回监狱。唯一的例外是当有人被判处所谓的“终身不得假释”的刑罚。这种判决十分罕见，整个英国大概只有五十名类似的罪犯，包括已故的彼得·萨克利夫（即所谓的“约克郡开膛手”）和罗丝·韦斯特。这些囚犯永远不会获准释放。

马丁服完了八年的裁量刑期，两年前从监狱假释，在这期间遇到了他的新女友。他对她坦陈了他的刑罚，并述说了其中所有的不公正。

知道了马丁曾经杀害他的前任伴侣，会使我们对马丁或他的女友的看法变得有所不同吗？这肯定影响了我，也影响了我对此案的考量方式。在病理学家提供证据之后，审判由于司法原因终止了。法庭被告知，必须在无人知晓马丁此前刑罚的情形下重新开庭，因为马丁杀害第一任妻子的情况与第二次指控并不相似，不足以向法庭披露。有人争辩说，任何人都不应该知道他的历史，因为这会导致不公平。

这迫使我们把马丁看作一个孤立的事件，也不认可他的行为模式和他的过去的重要性。法官对事态的发展很不满，并向法庭表明了这一点，认为马丁很有可能会逃脱法律的制裁。我不知道那次袭击是否重审过。

因此，建立一段正式的历史并不像我们认为的那么简单。情感操纵的定罪率很低，所有与家庭暴力有关的犯罪也是如此。这就更加有理由听一听那些对这一类人以及对这些操纵行为有过经验的人所讲述的情况了。这么做符合我们所有人的利益。我们应当从一个人暴力和操纵的历史对他们未来的行为有何意义来考虑问题。这十分重要，不仅仅因为它能帮助我们评估风险，还因为它能预测谁可能是危险的。

我在研究案例的时候，经常发现操纵模式的历史。比如，在最近的一例年轻女性的自杀事件中，当时我正在为这个家庭撰写报告，朋友们和警方似乎达成了共识，即她的丈夫并不是她弃世而去的缘由，他是那种善良、平凡的类型。我不相信，她的家人也不相信，于是我开始深挖他的历史，去看看他是否我时间轴上那种“类型”的男人。我从那些与他相识已久的人那里找到了一些非常有趣的信息。他确实有操纵和强迫行为的历史，有一些人对此深感不安。我们还找到了证据，表明他此前曾威胁要杀死他的妻子，并且他还当真这么鲁莽地尝试去做了。但所有这些历史都未见诸任何官方记载。操纵者有时候非常善于阻止他们的受害者说出真相，并操纵专业人士对他们的看法。

因此，第一阶段是完全关于历史的。这个人有跟踪、操纵或暴力的历史吗？他们是那种非赢不可的人吗？他们是否经常嫉妒，并且有很强的占有欲？这些都是危险的信号。要认真地对待任何历史的线索，永远不要认为这只是一个误会，或是出于一个前任报复性的恶意捏造。对这个人有可能处于时间轴的第一阶段保持开放的态度就对了。

2

第二阶段：旋风般的承诺

最近的某个晚上，我外出喝酒。已经是12月下旬了，当我喝了一口带有节日气息的特调饮料，环顾着拥挤的房间时，心想，我是多么喜爱圣诞节啊。寒冷的天气、漆黑的夜晚、五彩缤纷的灯光和常青的深绿色叶子，总是让我内心满满地涌动着孩子一般的怀旧之情。我很高兴地看到，到目前为止，所有在屋子里聚作一堆的办公室伙伴们，都在从正式的学院式关系变成不那么正式的又喊又跳的状态。这时一个打扮成圣诞老人的男子出乎意料地冲进门来，响亮地吹了一声口哨，让房间安静了下来。每个人都把注意力转向了他。他目标明确地慢慢走向了一位年轻女士，她正和一小群同事站在一起。她几乎一动不动，试图搞清楚发生了什么事情，脸上的表情有点不知所措。突然，圣诞老人单膝跪地，让人们毫不怀疑接下来会发生什么。他动作夸张地把一个小小的天鹅绒盒子推向她，大胆地向每一个人宣告，她是他一生的挚爱，只要她同意当他的妻子，他们就会永远在一起。我们都在等待她的答复，房间里鸦雀无声。当她热情地表示同意时，喜悦如同爆炸一般爆发了。

那温暖的怀旧之感弃我而去了。

现在，不管浪漫与否、时机如何，或者这是否一个迷人的举动，我们都必须考虑那位女士所面临的要说“是”的压力。在那个时刻，我很有可能是房间里唯一一个感到恐惧而不是喜悦的人。我所关切的是，她毫无转圜余地：她要么说“是”，予以公开的承诺；要么羞辱他，说一声“不”。

不久之后，她就离开了。“圣诞老人”拽着她走向大门。她穿上外套，仍在大笑，突兀地结束了她和朋友、同事在一起的圣诞夜。

那天晚上晚一点的时候，机会出现在女士盥洗间里。我问起那位女士：“哇，那真是精彩绝伦。”我对她的那一群朋友说道。

“是不是很棒！”一位年轻女子兴奋地说道，“他们几个星期前刚认识，太浪漫了。”

这会儿，它有可能还不是情感操纵过程的第二阶段，而我也完全乐意接受这一点，并希望这是天造地设的两个人的相遇，他们宣告彼此相爱。我那灵敏入微的直觉就是在吹毛求疵，而怀疑令我毛骨悚然。

我们都遇到过这样的人，会说“进展太快了”，“你们几乎不了解对方”，或者“放慢脚步”。在某些时候，大多数人都会对似乎是以光速推进的一段关系感到些许担忧。然而他们的担忧往往遇到这样的说法：“但他们相爱至深。”或者：“就是感觉很正。”又或者：“就好像我们已经互相认识很久。”然而，这很难消除人们的忧虑。我们本能地认为，在人们亲密无间地投入彼此的生活之前，最好切实地了解对方。

第二阶段是当一个有操纵欲的人发现了一个他们想要交往的人，他们会试图非常非常迅疾地推进这段关系，或者有可能会十分执着。

我记得我是在建议一个凶案审查小组调查托丽被害一案时，遇到了她的父母。他们能告诉我一些你在媒体报道和正式的警方记录中看不到的事情，有关托丽和那位杀害她的芬恩是如何相遇的。他们认识芬恩，他们和他生活过一段时间。他们也了解自己的女儿托丽，他们目睹了这段关系是如何发展的，以及托丽是如何回应的。

介绍这对情侣认识的是一个共同的朋友，并且这一牵线搭桥就发生在社交媒体上。这位朋友告诉托丽，她认识的一个相貌英俊的年轻人联系了她，说他真的很喜欢托丽在脸书上的照片。那个年轻人就是芬恩，一名驻扎在海外的军人，他将在几周内回到英国。他们开始在网上聊天，看起来确实相处得不错。那会儿是 10 月初；到了月底，托丽和芬恩告诉他们的朋友和家人，他们共同坠入了一段“独特恋情”。这时他们甚至还没有见过面。

到第一次真正见面时，他们可能已经觉得非常了解对方了。但托丽未能初次观察芬恩这个人，她没有机会凭直觉来打量他，解读他的身体语言、面部表情、声调语气或其他身体特征。这些东西是我们内在安全系统的基本组成部分。在无意识或有意识的层面，直觉可能会提醒我们注意令我们不舒服的或者担忧的事情，我们可以从中获取信息。当托丽和芬恩第一次见面时，这些直觉恐怕已经被抑制了。

人们倾向于迅速地进入一段关系的主要缘由是因为他们觉得自己坠入了爱河。感情越激烈、越缠绵，爱情就降临得越迅疾。

爱情

对于“坠入爱河”这一感受的研究表明，世界各地和不同时期的人们在描述、感知爱情的方式上并没有很大的文化差异。有时候它像是一种“伟大的激情”，具有强烈的吸引力，会产生高浓度的多巴胺和催产素，让人浑身透着一股高兴劲儿。随之而来的戏剧的、极端的情感也就能被解释为是正常的或合乎预期的了。激情接管的速度被认为几乎是刹那之间的。

我们主动地寻求爱情，有时候等待那伟大的激情来击中我们，以此确定我们找到了“那个人”，那位我们将要共度余生的唯一仅有的灵魂伴侣。在这段时期里，我们双方都有可能把对方理想化，形成或许是牢不可破的联结和依赖。在西方文化中，人们把与你所爱的人结婚视为一项人权——因此，最强有力的社会阶层所传递的信息是，爱情不但在道德上是正确的，是我们寻求进入的状态；而且也是婚姻唯一真实与合法的基础。我们被告知，为了其他缘由结婚是不可取的：举例来说，像是为了获得公民权，或是谋求经济利益等。爱情给了我们充分的许可，甚至允许我们纵情而为，即使它是孤注一掷的。

而在有些文化中，包办婚姻更为普遍，爱情被视为随着时间的流逝会自然而然地产生的东西。因此，爱情是至关重要的，无论它代表的是伟大的激情，还是两个生活在一起的人所期冀的日久生情，我们都把它看作像婚姻这样的长期忠诚关系的磐石。

问题实际上出现在这里：婚姻是围绕爱情来建立关系的最终模板。婚姻是终身的，这几乎是一个普遍的共识。这是一条被写进法律、宗教和文化的有力的准则，与我们时间轴上的第二阶段有很大关系。

当你承诺结婚时，人们期待的是你会承诺一生。有些人对这一点信以为真，在他们看来这或许是婚姻或者一段关系所赋予的权利。问题在于，令人生出“真爱”之感的化学物质，它能给操纵者带来如此之大的影响，但它却几乎不能如同关系一般长久。

因此，有两样东西推动了这一过程的第二阶段，它们是速度和承诺。为了达成获得承诺的目的，一段关系可以非常迅速地开始。操纵者期待的是人们对他们的承诺，而不是要他们来承诺，并且这种承诺还是一辈子的。

阿斯特丽德

我与阿斯特丽德会面，是为了讨论她的伴侣洛基之死。有一天晚上，阿斯特丽德在一家小酒馆遇到了洛基。他们几年前就认识了。当时他们一起在一个酒吧里工作。阿斯特丽德在吧台干活，洛基是门卫。他们玩得很开心，阿斯特丽德告诉我，他们喝得太多了，到最后他跟着她回家，打算再喝上几杯。“一环扣一环。”她说道，他留了一夜。第二天晚上他也留下来了，然后是再一晚。不到一周的时间，洛基就几乎和阿斯特丽德住在一起了。

“事情就这么发生了，”她对我说道，“并不是我们做了一个决定。它只是发生了而已。这也不是说因此就毫无问题。”

于是从第一个晚上起，阿斯特丽德和洛基就住在了一起，开始了一段关系。

阿斯特丽德知道洛基有一段历史——她见过他在他们以前工作过的酒吧里打架——但她以为这是由于他是门卫的缘故。即便如此，当他告诉她，他的前妻捏造谎言污蔑他脾气不好时，她还是相信了他。阿斯特丽德认为不给他机会就评判他是不公平的。她告诉我，从某种程度上说，她认为他对她是开诚布公的。她觉得他在向她吐露心声，这是一种信任。多多少少地，她感觉她对这种信任负有责任。

现在回想起来，她认为她应该尝试放慢脚步。但等到她意识到他是一个暴力、有操纵欲的人时，看起来做任何事情都已为时太晚。实际上，她认为这一节点甚至可能在第一周就已达到了。

“我不能就这样把他赶出去。这是一种很复杂的感觉，既很害怕他，又感到内疚。我会让他无家可归的。我真的以为，如果我足够爱他，给他安全感，那么他就会洗心革面。但即使再多的爱都不够，因为爱不是问题所在，他才是问题本身，起初我没有弄明白这一点。他太难以捉摸了。我一直想让他成为好人洛基。但是回头看看，那个令人恐惧的洛基才是决定一切的人，是改变一切的罪魁祸首，也是一直以来我醒来就在身旁的人。随着时间的推移，我以为唯一的解决之道就是他杀了我。这一点我错了，不是吗？”她说道。

洛基在与另一名男子的打斗中丧生，当时他正在殴打阿斯特丽德，那位男士挺身而出保护了她。有时候，事情会发生出乎意料的转折，其他人可能会受到伤害。要是朋友、亲戚和孩子惹到了操纵者，或者他们投身于请愿活动，他们有可能会受到伤害，或者被杀害。对孩子来说尤其如此。

洛基设法让这段关系以他觉得舒服的速度发展，那是相当快的速度。他让自己爬上了阿斯特丽德的床，留在了她的家里，并且鸠占鹊巢地把其他人都赶了出去。

我学会了开自动驾驶的汽车。我记得教练告诉我一种她称为“电爬（creep）”的模式，几乎所有的自动驾驶汽车都有这种模式。这意味着即使你不踩油门，汽车也会以极低的速度往前行驶，但你确实必须踩下刹车才能让车子停下来。这对于情感操纵开始的方式来说，是一个很不错的类比。起初，操纵者会有一个“电爬低速”带领他们（以及你）一直前行，除非你踩下刹车。如果你什么都不做，他们就会不动声色地沿着他们的旅程慢慢前行，他们会把你也捎上。到了某个时刻，当油门被踩下，旅程就会变得飞快。然后，任何旅程越是高速，猛然刹车的影响就越是巨大，就像是在汽车行驶中一样。这就是问题所在。他们不想让你踩下刹车。情感操纵者如此谋划，使得对于受害者来说，踩下刹车是一种风险极高的策略。

伟大激情缺席的情形

并不是每一个进入一段关系的人都能感受到伟大的激情。我是在为特里西娅·伯纳尔的慈善机构“防止跟踪骚扰”（PAS[①]）工作时遇到她的。2005 年的一个晚上，她的女儿克莱尔在骑士桥的哈维·尼科尔斯高级百货工作时被杀害。克莱尔的前男友迈克尔·佩希走进商店，向她的头部和面部近距离开了数枪，当场杀死了她。他随后举枪自杀。

---

① PAS，是 Protection Against Stalking 的缩略语，意为“防止跟踪骚扰”。

特里西娅告诉我，迈克尔·佩希对克莱尔的关注让她很是受宠若惊，但这种关注很快就变得让人喘不过气来，她给管控得死死的。他们没有搬到一起住，也没有那种克莱尔以为的相伴终生的亲密关系。紧迫感在佩希这里。他们是两个人都在哈维·尼科尔斯工作时相识的——他在安保部门工作，而她在化妆品部门。在约会了大概三周之后，克莱尔发现他太过嫉妒，并且控制欲极强，决定要结束这段关系。而他内心早已认定，克莱尔已经对他做出了承诺，尽管这与她的认知大相径庭。他的跟踪几乎是立即开始的，是此前过度投入和控制的变本加厉。他跟得太紧密，结果被解雇了。他离开英国，为了杀害克莱尔而买了一把枪，并把它私藏回国。

速度与承诺

与操纵者的关系可能会非常迅速地开始，速度还不一定是最令人担忧的事情。确实，他们倾向于快速推进，但他们的真正目标是获得承诺。对他们来说，承诺就像是让他们的伴侣签署了一份无懈可击的合约，赋予他们权利，给予伴侣责任。

大多数人根本没有意识到向有操纵欲的人做出承诺是非同小可的，也是要承担后果的。这是有风险的，因为在操纵者的头脑里，承诺永远不可撤回。只有他们可以终止合约，并且是以他们说了算的方式。他们把关系看作占有的实践。社会和文化实际上强化了这一点，因为分手不仅麻烦，还会制造麻烦。离婚需要走法律程序；它会引来指责；它被视为失败；人们认为它会伤害儿童。

从历史来看，文化、法律、宗教以及社会观念都特别明确地告诉男性，掌控他们的妻子是一种权利，在某些地方它仍然是一项合法的权利。历史还告诉我们，曾经有一度，女性一旦承诺结婚，离婚是非常困难的，甚至不可能离。比如，在英国有过一个法律概念“有夫之妇”（feme covert，在丈夫保护下的或被隐藏的妇女），把女性在婚前可能拥有的所有法律权利在婚后归于其丈夫的法律人格[①]。这种把女性与男性个体一辈子绑在一起的做法是一种文化理想，在有些地方仍在真实地实行，或者在另一些地方象征性地存在。在情感操纵主导的关系中，它当然有不少共鸣。尼尔·韦伯斯代尔（Neil Websdale）教授研究了那些犯下家庭凶杀[②]（谋杀妻子和孩子）的男性的行为、信仰和动机，他认为，这些文化信仰不仅深深地刻入了那些男性操纵者的骨髓，也烙印在文化与社会的深处。在有些地方，“无过错”离婚[③]仍然是新鲜事物；在另一些地方，它们尚不存在。我们不应当低估这些信仰体系在我们现代文化中的触角与影响。杀害自己伴侣的男人很有可能会说：“如果我得不到她，就没有人能得到她。”

如果把对一段关系的承诺以及操纵者认同的条款写在一份书面合约里，它们可能永远不会被签署。这些合约的条款往往在最初的阶段就有所暗示，而这比喻意义上的签名则在令人注目的旨在伪装和欺骗的情感牌中被操纵、被篡改。对于这些操纵者来说，在大多数情况下，承诺是*对他们*做出的，而不是*要他们*付出的；随着时间的流逝，他们往往觉得没有任何义务去回报。

2010 年 8 月，在经历了三十年令人崩溃、残忍无比的情感操纵后，萨莉·查林杀死了她的丈夫。在被判谋杀罪八年之后，当她在上诉中透露了情感操纵的全部情况时，我们对这些实质上的合约有了深入的了解。事实上，萨莉的丈夫已经在给她的一封电子邮件中写下了

---

① 法律人格（legal persona），是指作为一个法律上的人的法律资格，现代法律制度主要赋予自然人和法人以法律人格。

② 家庭凶杀（familicide），原文仅括注了对妻子和孩子的谋杀，应是基于研究对象而言。《柯林斯英语大词典》将其定义为对“家人”的谋杀，而维基百科在伴侣和孩子以外，进一步补充了对父母、祖父母、兄弟姐妹等的谋杀。

③ “无过错”离婚（“No fault” divorce），指要求离婚的一方无需证明另一方存有过错，只需简单说明夫妻双方无法共同生活，便可获取法庭的离婚判决。1969 年，美国加州成为第一个适用无过错离婚的地区。

某些条款（比如，萨莉同意在他讲话的时候决不会打断他）。这不仅仅是占有欲，它还揭示了某些人如何把自己的需求和欲望置于一切之上，以及他们的权利意识是何等强烈。萨莉的儿子大卫也生活在父亲的控制之下。他站在母亲这一边，努力争取将她的谋杀罪减轻为过失杀人罪。2019 年，在代表萨莉的女性司法中心的帮助下，他成功了。

我把第二阶段称为“旋风般的承诺”，因为承诺是真正的游戏规则改变者。那么，一个关键的问题是：什么构成了承诺？同样，有些关系是这种承诺的象征；有些人可能会把订婚戒指或者结婚证书视为承诺；也有些人把尚未挑明的建立长期关系的意愿当作承诺。无论决定性的因素是什么，嫉妒和占有欲往往是一个令人担心的苗头。对所有格语言的使用可能是某种端倪，比如，说那些“你是我的”或者“你属于我”之类的话。伴侣或许会用绝对的措辞说话，类似于“我们将永远在一起”。这种类型的用词可以被解读为爱情，但更经常的是占有的天性的流露。

很多人会因为嫉妒而沾沾自喜：这会让她们感到被珍爱，她们是特别的，而这会很管用。但这也将是一个错误。过度的嫉妒和占有欲的行为绝不是一个好兆头，这常常是一个警告：嫉妒的人可能无法面对拒绝，也有可能会真的认为伴侣是附属于他们的。

一旦操纵者意识到他们有了承诺，有了他们以为的赋予他们的权利，就会谋求让伴侣依循那些他们认为可以证明和确立承诺的东西。这将是贯穿整个关系的一个持续不断的过程，也是亲密关系中情感操纵过程的核心。

谁是受害者?

关于时间轴的这一阶段，我经常被问及的一个问题是，谁可能成为目标。受害者在各个人口统计数据上都有代表：年龄、阶级、社会经济地位、教育成就、性别、种族和民族、性取向、宗教、体能和职业；没有人能完全幸免。全部的人格类型也见诸其中，所以情况要复杂得多。然而，由于操纵欲强的人通常想要一个迅疾的承诺，他们多半会把目标锁定那些他们认为会做出承诺的人。这也不一定意味着某种特定的人格类型——它可能很简单，就是一些他们够得着的人，也有机会去操纵这些人。有些人或许看起来更适合做伴侣，这很可能是出于许多机缘——比如说，他们多半独自生活，有现成的住所，没有牵绊。有时候，只是对某人微笑就透露了你不会直接拒绝他们，而且会彬彬有礼，这给了他们一个操纵的机会。他们可能会有一个谈话的由头，比如说遛狗之类的；他们可能知道你的一些情况，并利用这一点来开启聊天。他们很可能已经认识你了，有一个绝佳的机会。他们很可能知道你的弱点所在，并让人觉得他们很在乎。

一旦开始聊天，就更容易获得信息，不仅仅是关于你本人的情况，还可能有电话号码、工作地点、孩子就读的学校等等。如果他们发现这个人独自居住，就更容易接近了。如果他们被介绍给朋友、孩子和家人，如果他们知晓了这个人的车子，这将会泄露更多他们想要最终操纵的人的情况。所以，从这个角度来看，任何人都可能成为目标。

事实上，女性往往特别善于交际，她们友善、有礼。并不是所有的女性都这样，但女性通常会以她们最友好、最不令人尴尬的方式来拒绝那些不受欢迎的搭讪的男性。这可能有一部分是由于社会礼仪，但也是出于经验教训——毕竟，对于如何应对男性的搭讪，女性必须万分小心。唐突无礼可能会遭到语言和身体上的暴力。

2018 年 7 月，年轻的法国女子玛丽・拉盖尔在街上受到了一个男子的性骚扰。拉盖尔女士说，她让这个男人闭嘴，或者诸如此类的话，他对此很生气。监控拍到了这一冲突：视频显示，他捡起烟灰缸，朝她扔过去；又尾随她，打了她耳光。玛丽・拉盖尔把当地一位店主给她的这段影像在脸书上发布，立刻就在全世界引起了巨大的反响。法国政府因此立法，允许对街头骚扰行为处以即时的罚款。但比起政府或公众的反应，我更想指出的是那名男子的反应：他攻击了那位胆敢回嘴的年轻女士。这绝非孤立事件。

有一回在埃塞克斯，我参加了一场为当地一家预防家庭暴力服务机构筹募资金的活动。它是在一顶装饰得美轮美奂的大帐篷里举行的，有很多与情感操纵的受害者一起工作的人在那里。我当时在做一个演讲，旨在提高人们对受害者所面临的一些问题的认识。我发表了演讲，随后与几位筹办这个活动的女性聊天。突然之间，一位年长的男士插进了我们的对话，他显然对我很是恼怒。有人向我介绍他是一位在家事法庭工作的本地法官。他用手指着我，开始大吼大叫："你怎么敢把这些人称为受害者？"他咆哮道，"只有我才能判决他们是不是受害者，你听到我说的吗？我会判定的。"

我多少有些吃惊，大家都吃了一惊。说句公道话，我觉得这位男士香槟喝得略有点儿多。我们都沉默地站在那里，不知道该如何答话，因为他太咄咄逼人了。我能感觉到有一位女性筹办者用手指戳了戳我的后腰，我领会到这是在请求我不要回应他。我十分震惊。我绝对肯定，如果我是一个男人，他绝对不会那样跟我说话。

有一天，我和埃文·斯塔克教授聊到了这件事。"问题是，简，"他说道，"我能说一些你决不能说的话，因为我是一个男人，我能免于非难。"他的意思并不是说他可以谩骂或者发火——他指的是他有能耐，也能随性地在专业上挑战他人，而不会受到富有侵略性的攻击。这是他多年来的经验之谈。

大帐篷里的法官终于昂首阔步地走开了，而那位女士对我说："我们不能让他不爽，这是筹款会，我们需要钱，并且下个礼拜我们中有人必须在法庭上面对他。"她被迫纵容了这位男士理所当然的、气势汹汹的表演，并恳求我也保持沉默，让我随机应变。我保持了沉默，为了让她好过。我一想到是这位男士主持家事法庭，就感到极其别扭，也觉得在预防家庭暴力募捐活动上看到这样的“表演”十分讽刺。这不是唯一的一次，甚至也不是最糟糕的一次。我被形形色色的专业人士口头抨击，无论是男是女，但考虑到我所工作的领域，我总是诧异不已。

大多数时候，作为一个独立自主的女性，我一直被提醒权力与控制是如何无孔不入地渗透到社会每一个角落的。我经常会想起AAFDA首席执行官弗兰克·马兰说过的话，他的妹妹和侄子都被杀害了，当时我们一起出席了一个针对数百名警员举办的有关情感操纵和凶杀的高级讲习班。他主张让事实大白于天下，即使困难重重，并且要毫无畏惧地做到这一点。“我想象那个死去的人，”他说道，“站在我的肩膀旁呼喊，不，事情不是这样的！我感到我有责任让他们的声音被听见。”尽力平衡这些故事是很重要的，受害者的声音在这些凶杀故事中是至关紧要的，即使其中有些确实难达天听。强势的声音力图压倒那些弱势的声音，尤其是出于理所当然的感觉，这让我们所有人变得更不安全。

我们大多数人，尤其是女性，会尽力避免使自己处于被迫面对侵犯的境地。威胁评估专家加文·德·贝克尔指出，女性必须以男性根本无法理解的方式来保护自己免受可能的暴力和攻击。女性需要依据她们的性别，习以为常地就她们的安全做出抉择。这种社会制约的程度——以及女性在许许多多不同层面上的恐惧程度——已经在日益壮大的“Me Too运动”中得到了阐释。这一运动也揭示了女性所面对的性骚扰和性侵犯的普遍度。对性侵犯的恐惧以及社会希望我们良善本分的约束会给操纵者提供机会，让他们凌驾于别人之上，并开始操纵。

因此，第二阶段不仅仅关于速度，它还关乎速度*以及*承诺。放慢脚步，即使这困难重重，也能让人有时间去思考，有时间去观望新伴侣会如何应对考验。在关系进一步发展之前，一位可能的伴侣如何应对从一开始就没能如他所愿的情况，这会非常说明问题，也能让你了解，当未来风险或许更高的时候，他们会如何作为。

当嫉妒和占有欲过了头，或者时常发生时，它们实际上是非常自私的性格特征，而不是一个爱意绵绵和体贴在意的人的表现。与经常吃醋的人保持关系需要密切关注。任何人都应当警惕在早期被视为占有物——占有与财产的所有权有关，而并非与爱情有关。在这种情况下，一个人应该后退一步，趁事情刚发生、尚未到不可收拾的时候，踩下刹车。

时间轴的这一阶段激发了许多专业人士的想象力，比如说，他们认为对于关系和嫉妒的教育应当从学校就开始。在时间轴最初的阶段介入，嫉妒和占有欲就会被视为是有问题的，它与爱无关，这对于情感操纵会是一个真正重要的挑战。爱与占有是有区别的，即使这些情感看起来有部分交叉，我们还是应该认识到个中不同。这或许也给了那些惹上操纵麻烦的人一个机会，让他们认识到这些问题在于操纵者自身，推动他们对此采取行动。

有时候，每个人都会有点嫉妒，这是正常的，但是反复的嫉妒行为以及试图通过它来实施操纵，这始终是一个危险的信号。如果我们认可过了头的嫉妒，为它找借口，认为它是正当的，那么对于操纵，我们就是助纣为虐了。

3

第三阶段：生活在操纵之中

还在学校的时候，我是一群比我大的女孩旷日持久而又令人不快的欺凌对象。我不确定她们是怎么开始的；我只知道她们偷走了我生命中整整两年的时光，余波一直影响到我成年。暴行以令人费解又十分残忍的攻击形式直直地冲击了我的意识，给我留下的更多是震惊，而不是身体上的伤害。在那一刻，我的脑袋因为一记重拳而眩晕，我试图弄清楚发生了什么事情。也是在那一刻，我与自己的关系改变了：我对人身安全的感受在一瞬间发生了深刻的重构。我突然间意识到，坦率地说，我相当可悲，并没有足够的能力来保护自己。我失去了对自己的尊重，也不再信任自己。我仍然觉得我应当像忍者一样从地上爬起来，用超人的身体战斗技能去痛击殴打我的人。我当真相信，如果我有能力这么干的话，会更容易与自己和解。

现实和孤立让我只能设法应对这局面，我必须迅速上手。我没有能力去结束这种欺凌。然而，大多数情况下，我可以报告这一情况。我取得了巨大成功，避免了更多的身体上的攻击：我对付了暴行。我不得不保持高度警惕。我必须计划好在学校里的每一分钟；我必须想方设法安排要去的地方以及何时去；我必须时刻保持警觉。我生活在将来，而不是当下，为此我精疲力竭。

那些女孩在我脑海里操纵着我每一天的每一分钟。直到家庭搬迁，我去了一所新的学校，才摆脱了她们。但是与安全的新关系，与我自己的新关系，也随我而去了。

这与情感操纵有很强的相似之处。由于对我的第一次动粗所灌输给我的混合了恐惧与不确定的感受，以及不断提醒我这一点的持续的欺凌，她们能够控制我生活中的方方面面。我成功地应对了威胁，但它耗尽了我的精力，令我疲惫不堪。

对于许多遭到情感操纵的人来说，困难和危险的信号不像身体遭到攻击那么显而易见。不着痕迹和潜移默化为情感操纵打开了大门，由于我们甚至都没有料想到它，这就变得更容易了。每一种高风险的行为都有看似合理的解释，蛊惑我们忽略它。每一种操纵的方法都意在确保和维持对其主体的顺从。而在最初的阶段，顺从并不总是感觉像是在操纵。

在一段亲密关系中，操纵有两大柱石，它们往往会启动一切方法令顺从得以维持。我把它们称为*嫉妒法则*和*忠诚法则*。

嫉妒法则

我们已经看到，在“激情犯罪”的叙事中，嫉妒常常被用于为谋杀辩护，因此它被当作使操纵合情合理的缘由也就不足为奇了。嫉妒被视为浪漫爱情的天性流露，这在某种程度上可能是真实的。有些偶尔的嫉妒多半也是情有可原的。但是试图用来改变别人的行为和选择的嫉妒模式则决不是合乎情理的。

操纵欲强的人通常希望他们的伴侣不要做令他们感到嫉妒的事情——或许这就是他们的问题所在。他们可能会说这样的话：“当我看到你和别的男人说话，我就是受不了。这实在是因为你让我妒火中烧。”或者：“我不喜欢你穿那条裙子，它会让别的男人盯着你看，我就是太嫉妒了。”

想一想吧：我们如何才能确保我们不让别人嫉妒？我不是指某个

特定的场合，我是说当你处在一段关系中，而这个人嫉妒成性。我们是否就应当避免与别人交谈，不管是快递员、护士、老师、同事还是邻居？或许我们不应当穿得让我们太有吸引力；或许我们不应当在没有伴侣的情况下外出；或许我们要避开前男友，甚至不去看主角迷人的电影。又或者我们不应该有亲密的友情，不应该在社交媒体上和别人聊天；我们应当决不、永不与任何一个人调情，甚至不能对他们微笑；甚至也许我们应当让自己的手机受到监控，让我们的伴侣清楚所有的密码。我们不可以做的事情的清单恐怕是无穷无尽、无法预料的。

事实上，嫉妒法则可能会诱使人们过上孤立且悲惨的生活，令自由受到严重的限制。这也可能是她们在一段关系开始的时候很乐意去做的事情，她们多半会认为自己正处于一段伟大激情的阵痛之中。或者，也许这是她们愿意接受的，因为她们想要强加给自己一些守则。毕竟，如果她们没有什么见不得光的，她们会去做所有这些事情的，对吗？不对。这是一个简单却又有效的诡计，让她们同意去服从别人的要求。它透露的是一个伴侣的偏执和权力，而不是他们的爱。

同时，嫉妒往往通过冥顽的性别双重标准而得以巩固。这种双重标准试图控制和约束女性的性欲望、性表达和性行为。极端嫉妒的人通过这些社会规则来验证他们的权力感。因此，服从于嫉妒的压力来自两个方面：通过情感勒索以及通过文化习俗。

初次恋爱的年轻人格外容易把极端嫉妒视为深刻爱情的标志。当男友出乎意外地出现在某个地方，那是由于他们牵挂你，或者是他们渴望见到你。当他们因为你和前任说话而生气时，他们说那是因为你而妒火中烧，所以它就这么发生了。乍一看，这似乎令人欢喜，但是嫉妒法则所带来的控制像潮水一般毋庸置疑地、势不可挡地上升。

过度或者反复出现的嫉妒一直是一种警告的信号，因为极端的嫉妒反映出一种行为的模式、一种思维的方式、一种持续的威胁。嫉妒使操纵和摆布变得情有可原，它让我们更为切近地理解情感操纵是如何掌控一个人的生活，并使之每况愈下、不复当年的。嫉妒法则以及激情犯罪的神话赋予操纵者权柄，是因为它们给了实为操纵的情形一个看似合理的解释。忠诚法则往往紧跟在嫉妒法则之后，并构成了一个有效的操纵闭环，其他的控制则在其中得以培育萌发。

忠诚法则

忠诚法则是通过一系列不易察觉的考查实行的，其目的是让某个人在两方之间做出选择，并证明她们对操纵者的忠诚。对于消除或者操纵其他人可能对受害者产生的影响来说，这是一个行之有效的方法。朋友和家人往往会是焦点所在。朋友可能被视为"坏的影响"，而家人则可能被形容为"试图拆散"这段关系。受害者可能会被唆使更少地与朋友或家人见面，或者要负责确保这些亲友"喜爱"操纵者，或者表现得他们像是对他有好感的。情感操纵一个十分常见的构成是，受害者被要求笑脸迎人，这是一种忠诚测试。如果外人产生怀疑，或者操纵者受到了批评，受害者就会承担后果。表面的快乐可以是一种保护手段，但它增强了操纵以及那些支持操纵的情形。

在社交上较为自如的操纵者或许会和受害者家人保持密切的关系，这样他们就能被监视到，甚至被用以帮助操纵受害者。家庭成员在一开始可能会认为操纵者是有爱心也是有才干的，对受害者提出的任何批评都加以质疑。这是操纵者有意为之的。

萨达

嫉妒和忠诚法则都曾被用于一位名叫萨达的女士身上，令她崩溃。我会用她的语言来讲述她的故事，以表明这两大柱石是如何暗中转化但又行之有效的。有一天晚上，萨达的爸爸给我发了一封电子邮件。我们彼此并不认识，但他当时深陷绝望。他在电视上看到我讨论情感操纵式的谋杀，他觉得我是他最后的希望。一天早晨，萨达相当意外地过世了，身边放着收拾好的行李。她正打算离开她的丈夫。萨达的父母十分肯定她的死亡是存有疑点的，但没有人听他们的。

我们极大地低估了谋杀的真实数字，如果警察、法医以及其他人已经先入为主，那么很难让他们相信一桩死亡是可疑的。我同意与萨达的家人见面，听取他们的疑虑。

萨达做了一些令她父母觉得莫名其妙的事。他们已经发现事情不对劲，也清楚这是什么时候开始的，但他们不知道何以如此。萨达很爱她的家人，他们一直亲密无间，所以奇怪的是，有一天当他们去看望她时，她无视了他们——她和丈夫待在卧室里，而他们和孩子们在客厅里玩耍。萨达喜欢大家庭和盛大婚礼，因此当她并未邀请家人参加自己的婚礼，也没有像她一直承诺的那样邀请侄女们做伴娘时，已经让人心生疑惑了。她通常每周会有两三天和姐妹们待在一起，所以她忽然不再拜访了也令人费解。自打她认识罗恩之后，人人都知道她性情大变，他们意识到有点儿不对劲了。

萨达记日记——秘密日记。父亲在她去世后发现了它们。我获准阅读这些日记，立即意识到她生活在情感操纵之中。这些日记中随意打开的一页写道："今天早上，我漂亮的小宝贝给了我一个美妙的微笑。我迷人的萨马尔！我决定今天出去玩，阳光好极了，只有我和萨马尔。我们大概 11 点出发，他在去公园的路上睡着了，上帝保佑他的小心心①。"

我对萨达的印象是：她是一个富有爱心的年轻姑娘，做些寻常不过的事情，琐碎日常；有些寻常不过的情感，平淡无奇。下面一行写道："我们到公园里面去喂鸭子。然后罗恩打电话来了，简直天翻地

---

① 上帝保佑他的小心心（bless his little heart），祝福语，但通常指对不足或缺点的原谅，此处约是针对"萨马尔睡着了"所言。

覆，我又焦虑不堪了。我就坐在椅子上哭了起来。可怜的萨马尔，他有一个糟透了的妈妈。”

她没有说明为什么这个电话能“天翻地覆”，她为什么哭了起来，或者她为什么认为自己是个糟糕的母亲。

萨达二十出头的时候就认识了罗恩。他们很快地搬到了一起住，而萨马尔不到一年就出生了。罗恩一开始很体贴也很浪漫，萨达为之着迷。根据她的日记，他会说这样的话，“我只是一个爱吃醋的家伙”，或者“我看到别的男人靠近你，我会怒不可遏”。而萨达表示她明白。

> 他说，我就是忍不住，是你激起了我的这些情绪。他生气的时候总是这么说。他大发脾气，当着我的面大喊大叫。星期二他摔我手机的时候，把它砸坏了，然后他只是说，对不起，我不是有意吓唬你的，我就是太爱你了。我也不是故意惹他发火的，但如果他就是那样的人，那也没有办法。我必须做得更好。

罗恩迅速地实施了嫉妒法则，使他那令人害怕的行为变得合情合理，也模糊了其中的威胁。萨达觉得他的解释是说得通的，所以她不知不觉中心甘情愿地改变了她的行为。在最初那段日子里，罗恩和她在一起的时间太多了，她甚至没有真正注意到他们的生活已经夹缠不清，她似乎只和他待在一块儿。

他们住在一起看起来是顺理成章的，因此没有经过太多的计划或者事先考虑，就在几周内合租了一套房子，不到一年的时间就成为一家人了。与罗恩的争吵很快就成了家常便饭，萨达发现她似乎总是在某种程度上违背了嫉妒法则。她穿了不该穿的衣服，和不该说话的人说了话。很难料想是什么让罗恩感到嫉妒。她说她觉得自己如履薄冰。“我当时穿着蓝色的夏日连衣裙和凉鞋。”她在日记中吐露心声。

他以前抱怨过我穿那条裙子，所以我把它换成了一条红色的。不过我知道他对这一条也有意见。我只是不知道该穿什么才能使他高兴，他总是说三道四。我试了三条裙子，全都不对。我浑身发热，哭了起来。一切的压力都源于我害怕他会说些什么。我费了劲儿地想要做好，可他还是讲了很难听的话。但愿我知道如何取悦他，我再也受不了了。

每次罗恩发脾气，萨达都会想办法解决问题。即使她有自己的立场，就像她在开始阶段经常坚持的那样，但这让她觉得自己不是在阻碍问题的解决，就是在让事情更糟。她感到愧疚，而罗恩鼓励她这么看待自己。萨达很清楚惹恼他的后果，于是她做了很多女孩在她这样的情况下都会做的事情——向她的母亲倾诉了。

我告诉妈妈，我把事情弄得一团糟。事实上，我一直都蠢透了，常常做些愚不可及的事情，搞砸了一切，我让他很生气。我真希望我能做得好一点儿。妈妈说，你需要摆脱他。她说，你知道的，这根本不会好转，这只会变得更糟。

回到家里，罗恩认为萨达的妈妈对她影响太大了。

他说我母亲讨厌他。他说，她总是用那种眼神看着我，让他觉得他在自己家里也像一个罪犯。他说他认为她想要拆散我们，而我总是站在她那一边。我没有站在她那边，我对他说，她是我的妈妈，仅此而已。

萨达给夹在中间。她想同她的妈妈倾诉，她想要发泄对罗恩的不满。但他是对的，她妈妈不喜欢他。

罗恩不断地在家里施加压力。

“他说，我能辨别你什么时候见过她，因为你举止不对劲儿。他说，我见过她后，我会不一样，然后他说你就是和她一个样。他绝不会罢休的。这真的让我心烦意乱。”

这是罗恩在强行施以忠诚法则。萨达被操纵了，要在罗恩和她母亲之间做出选择。“我要去看望妈妈，”她在日记中写道，“但我不会告诉他，也不会在他在的时候这么做。或许最好还是把他们分开。”

当阅读萨达的文字时，我越来越绝望地看到罗恩正在实施操纵。下一条日记显示，她的关系预料之中地倾斜了，从“糟透了”转向“危险极了”。

> 罗恩开始朝我咆哮，他认定了样样都是我的错。他说是因为我脑子不正常，才让他痛苦不堪的。他说我失魂落魄的。我对他说他总是把一切都怪罪于我。他说我脑子从来没有正常过。我希望我们能再次合为一体，就像最初那样，我会尽力做出改变。他说他要带我去医生那里，给我好好看一看。

有一个术语——煤气灯效应——指的是一种意图让被操纵的受害者觉得自己情绪紊乱的行为模式。这个术语来源于1938年的戏剧、后来改编成电影的《煤气灯下》(*Gaslight*)，讲述了一个男子操纵他的妻子，让她相信自己正逐渐发疯的故事。

煤气灯效应通常是通过使受害者无法信任自己的认知和直觉来起作用的。在没有帮助的情况下，她们会变得害怕做出决定。很多时候，女性的月经周期会被用于加强煤气灯效应这一策略：我十分沮丧地发现，罗恩已经开始在厨房的墙上挂日历，记录萨达经期的预测日期。“我同意他的看法，我很不稳定，也很虚弱，”萨达在日记中写道，“我觉得我快要发疯了。他清楚这个月我来例假的时间。我开始害怕这个，我感觉事情超出了我的能力，这对于他或任何人都不公平。”

萨达意识到她陷入了与罗恩之间的恶性循环之中，她既矛盾又痛苦：她在秘密日记中写了一张便条，说出了她觉得无法当面说的话。

> 罗恩，你太残忍了，太霸道了。你必须永远是对的。我真希望你不要把我当成一个傻瓜来说话。你不知道照顾一个小宝宝是什么感觉，也不清楚我有多累。你以为你什么都知道，知道我该怎么表现、我该怎么做事……我不想让你难过，也不想拆散我们的家。我很努力了，我觉得我们以前是一体的，我们一起对抗世界，但这会儿我感到我是这么的孤单。都结束了。我要走了。

随后她决定当面告诉他自己的感受：

> 他勃然大怒，真的太吓人了。他说他受够了，他要跑路。他打包了行李，我无话可说。经过这件事，我不认为我们的婚姻还能继续下去。我想我们已经走到了尽头。他走了出去，拿起行李，砰的一声关上了门。大约半小时后，他就带着一大捧花回来了。他很难过，我能看到他眼中的泪水。我想这伤透了他的心。

萨达以为她强硬的姿态让罗恩屈服了，完全忘记了她曾经有多么痛苦。她为“击垮了他”而感到愧疚。罗恩突然向萨达求婚，使得这一转变更为可信了。她欣喜若狂，一切都会改观的希望主导了她的想法，所有分手的念头都烟消云散了。她开始为婚礼做准备。但求婚是要付出代价的，忠诚法则的使用造成了毁灭性的一击：“他说，你的母亲和你的姐妹们，她们就是讨厌我。如果她们到场的话，她们会毁了婚礼那天的。你知道她们是什么样的人，她们只会胡说八道，她们只会让我不好过。这也是我的好日子，她们会毁了它的。”

受害者的家庭被诋毁、被削弱，操纵者的观点以及他们的价值因此显得更为优越，这种情况并不少见。“罗恩不希望妈妈来参加婚礼，”她写道，“我不怨他，因为她并不喜欢他。我不想这一天给毁了，尤其是在他这么努力了之后。他说等我们有了更多的钱，我们再办第二次婚礼。这只是一个匆忙的婚礼，只是为了表明他爱我，而我们是一体的。”

萨达以最委婉的方式告诉她的家人，这将是一场很小的婚礼，没有一位宾客；但是，稍后会有第二场庆典，他们将被邀请参加。

当然，第二场婚礼从未发生过。罗恩的家人出席了婚礼。这向萨达的家人传递了一个明确的信息：罗恩说了算。这让他感到非常满意。现在，罗恩已经非常有效地把萨达与任何他无法控制或者施加影响的人隔离开来了。如今他是她生活中最重要的人了。

罗恩需要确保萨达遵守了他的规则，即使他并不在场。萨达提到了持续不断的短信和电话，一整天都是。她说，他总是打电话来“看看她还好吗”：

> 罗恩大约 11 点的时候又打电话来了，再次问我是否还好，但他为了盘子的事情气呼呼。他说他整天都在干活，而我就坐在那里偷懒。他说这很不公平，我应当更努力地做一个好母亲和好妻子。
>
> 我在 Gumtree[①] 上看中了一辆很棒的童车。我和那位女士约好了等罗恩到家后去取。我已经开始慌了，我应当先问问他的。一想到他会说些什么，我真的坐卧不安。我径直取消了这件事，我不该就那么做出决定的。当我告诉他这事时，他说我应当直接

① Gumtree，英国分类信息网站，类似于赶集网。

去取，他不会介意的！我太蠢了。

萨达的日记中没有丝毫记录可以表明她做过任何挑衅、伤人的事情，所以她不应该害怕决定购买一辆二手婴儿推车的后果。这些都是普通不过的日常行为，甚至都没有违背嫉妒或忠诚法则。但事情远不止此：萨达的自由和地位都渐行渐弱，如今她的世界小了很多。

到了这个时间点，萨达已经在控制她自己的行为：罗恩甚至都不需要在场。仅仅是知道他会让人恶心、会有威胁就够了，这意味着她总是在试图息事宁人。她写道：

> 我时时刻刻都感到痛苦和不安，似乎无缘无故就会哭泣，并且越来越难以起床。我都不能告诉罗恩，他认为我只是无病呻吟。我今天偷偷地在沙发上睡了一个半小时，希望他不会发现。我去看了医生，告诉她我害怕罗恩，但我恳求她不要把这个写进病历里。我不能让他发现。我真的不该说的。

18 世纪后期，社会改革家、哲学家杰里米·边沁（Jeremy Bentham）设计了一座监狱，叫做“圆形监狱”。这是一个全新的想法，由一个巨大的环形建筑构成，里面有许多带窗户的囚室；还有一个中央监视塔，窗户是不透明的，警卫可以看见囚犯，但囚犯看不到警卫。这个想法在于，由于囚犯永远不知道他们什么时候被监视，他们就会自我监视，会始终循规蹈矩，以防正被监视。这也是情感操纵会产生的结果：习惯性的恐惧让受害者约束自己的行为，即使操纵者并不在场。

萨达再次怀孕，失去了财政权，也丧失了体力。“我不喜欢那个助产士，”罗恩说，“她想告诉你该怎么做。你不必听她的话，她不像我这么了解你。”他对怀孕的麻烦几乎没有耐心，但同时也感受到了萨达越来越脆弱的好处。然而，一切都是值得的，因为如今他有了一个终生的把柄，可以永远维持他的操纵，这就是他的孩子们。

萨达在圣诞节前几天生下了孩子，要依靠罗恩来帮她购买礼物。她先是拜托他，接着是乞求他带她去买礼物，但他一直让她希望落空。他把带她去购物的事拖到了最后一刻，然后苛刻地控制了她可以花的钱。圣诞节那天萨达十分难过，因为她觉得给孩子的礼物太少了。她说这几乎把她击垮了：

> 我几乎没有礼物给萨马尔，我哭了又哭。妈妈和爸爸在圣诞节那天来做客了，实话说，我真的不知道他们要来。他气愤极了，他说我是知道的，但我欺瞒了他。他不肯从卧室里出来，他就待在那里面。我不知道该怎么办。我希望他们走掉，不然会有麻烦的，我只想快点结束。我把妈妈和孩子们丢在一起，我和他一块儿坐在卧室里，只想相安无事。

罗恩还强迫萨达参与那些令她觉得很不自在的性事。“我不愿意做他想做的事……这太糟糕了，我现在甚至不能忍受他碰我，”她在日记中倾诉，“我以前真的从未喜欢过做这些，感觉就是不对劲，尤其是我有了孩子之后。我对他说了，可他还是逼我这么做。现在，就连提起这件事都让人觉得恶心。”萨达描述道，情况变得越来越险恶：

> 有一天，他就那么坐在沙发上，没有穿裤子，硬了。他就那么坐在那里，他决不说一句话，他就那个样子坐在那里一句话也不说。我也什么话都没说，我不知道该怎么办。这会儿，我就是极度地厌恶他……

最终，萨达决心一刀两断，离开罗恩，无论后果如何。她打包了全部的行李。她把它们堆在卧室里，告诉他，她打算第二天早晨带着孩子们一起离开。

几个小时后，萨达死在了卧室里，周围是打包好的行李。罗恩告诉医护人员这是一个意外。萨达的死因始终未能确定。警方有他们的怀疑；我们共同合作，寻求起诉的可能性，但最终收集证据太难了。

*

那些目睹操纵行为的人并不总是清楚他们所看到的东西的重要性。我们全都一板一眼地寻找暴力的蛛丝马迹，但或许无法想象操纵是很隐蔽地潜伏着的，而且往往是由那些低级的攻击和威胁所构筑的。受害者面对恐惧的行为方式有时候令人费解，但是从情感操纵的角度来看，还是相当合乎逻辑的。

操纵欲强的人会试图把受害者困在一段关系中，让她们难以离开。埃文·斯塔克教授形容这类似于人质困境。受害者会花很多时间来试图使操纵者相信她们是专一的、忠诚的，因为这能息事宁人，也更安全。

20 世纪美国作家和哲学家埃里克·霍弗（Eric Hoffer）曾经说过："你可以通过观察你的敌人恐吓你的方式，来发现他最恐惧的是什么。"情感操纵通常是由施暴者的恐惧所驱动的，同时由受害者的恐惧所维持。施暴者往往恐惧失去令他们觉得牢靠的东西，或者失去他们认为有权得到的东西。这是两种不同但又相关联的恐惧。恐惧失去某种能给你带来稳定的东西或许比较容易理解，但失去某种你认为是理所应得的东西，就涉及对你地位的冲击，也挑战了你的正当性。失去地位或者你视为权利的东西，会让人丢脸以及感到耻辱，有些人会因此暴怒。

这种理所应得的权利感可能部分来自自恋的倾向，或者来自以自我为中心的世界观，但它们同样与把人们分为三六九等的文化信仰体系交织在一起。比如，直到1823年，在英格兰和威尔士还存有一种被称为“轻叛逆罪（petty treason）”的普通法罪行，这是一种由“下级”对“上级”犯下的罪行，比如，一位仆人杀害了主人。它在法律上规定了等级制度：在凶杀案中，一位女性杀害或试图杀害丈夫会被指控为轻叛逆罪，而不是谋杀罪；一位丈夫杀害妻子则会以较轻的谋杀罪起诉。这项法律的目的是确保人们各安其位，这在当时是一项紧要的社会需求，尤其在阶层和地位格外重要的情况下。

操纵欲强的人通常会认为伴侣和孩子都是从属于他们的，更有可能把分手视为对他们的自我（ego）和权力的挑战。他们会把世界看作一系列的阶层，他们总是凌驾于他们的伴侣和孩子之上。比起身体上的威胁，羞辱往往给了他们更强烈的恐惧感，这使得我们对他们的世界有了一些了解。

恐惧是复杂的，但我们倾向于用非常简单的方式来看待它。如果我们能考虑到两种类型不同但又相关联的恐惧，受害者对情感操纵的行为和响应的方式或许会更加清晰。

恐惧

加文·德·贝克尔认为，我们都有一种直觉，会在自身安全面临威胁的时候警告我们。他称之为*恐惧给予的礼物*。恐惧是所有正常人都会经历的一种相当复杂的生理反应。它是一种生存机能，是由大脑中一个叫作杏仁体的部分来调节的；当它被激活时，会临时接管我们的有意识思维。当我们感知到威胁时，杏仁体会首先做出应答，激发出我们称之为*战斗或逃跑*（fight or flight）的应激反应。就在几分之一秒之间，多种物理能量被激活，使我们专注于面对威胁。我们的心跳和呼吸会加快，血液会涌向我们的肌肉来帮助我们奔跑或者战斗；我们的瞳孔会放大，让更多的光进入眼内；我们会充满肾上腺素，让自身保持警觉；在受伤的情况下，皮质醇的分泌会使我们的血液变稠。我们会经历听觉排斥（或相对耳聋）、视野狭窄以及膀胱失控。所有这一切以及更多的状况大多都在我们无意识中发生。一旦威胁消除，大脑会分泌神经递质和荷尔蒙来逆转这些变化。人们会有一种如释重负的感觉，一切都会恢复正常。

这种即时的恐惧应激往往很容易识别和理解。我们多半会帮助表现出这些迹象的人，会表达担忧。但这并不是恐惧的唯一类型，这些也不是人们感到恐惧的唯一迹象。

通常所说的长期的恐惧则是完全不同的。它更难识别，因为对于个体来说，它更多的是尽力预测和避免伤害，而不是对明显正在发生的威胁做出反应：很像我在探讨校园里那些欺凌我的女孩时所描述的恐惧。

长期的恐惧是在经验中逐渐累积起来的。受害者清楚是什么激怒了操纵者，也了解他们是如何回应的。埃文·斯塔克教授说，操纵欲强的人会“让他们的受害者逐渐意识到反抗的代价”。那位不愿意上救护车的年轻姑娘很有可能经历过接受帮助的代价，所以她拒绝上救护车。如果受害者反抗操纵或者惹恼了她们的伴侣，她们很快就知道会发生什么。萨达害怕罗恩，但她的恐惧表现在她避免任何会让他不安或者发怒的事情：她不做自己喜欢做的事情，她不穿自己喜爱穿的裙子，甚至没有让家人来参加自己的婚礼。她觉得自己快疯了，这一点也把她给吓坏了。许多人觉得萨达讨厌她的家人；但还有一种可能是，当她站在罗恩这一边诋毁她的亲戚时，他会感觉更好也更平和。因此，被操纵的人的公开言论并不总是反映真相。

所以对我来说，情感操纵既是动机，也是施暴。动机在操纵者这里是对他们伴侣的生活拥有操纵权和权力的需求，强迫她们服从。施暴是对他们的伴侣以及她们做自己想做事情的能力的限制，也是她们生活中的那种恐惧、害怕触怒操纵者的后果。

受害者策略——劳拉

劳拉是一位非常有趣的女性，她从一场致命的殴打中活了下来。在交往时间不长的男友克里斯因为殴打她入狱后，我和她见了面。

劳拉是快三十岁的年轻女性。她和两个年幼的孩子一起住在自己的家里。她的朋友圈很广，社区小而密切。克里斯是这个社区的一员，他们住在同一片区域，去同一个酒馆，并且拥有共同的朋友。他被劳拉迷住了，开始和劳拉眉来眼去，并表示他有意开始一段恋情。他过于殷勤，有点咄咄逼人，不过这在劳拉的朋友们看来只是情切难耐。他是一个英俊友善的小伙子，但劳拉不感兴趣，拒绝了他的殷勤。“他就是没完没了，”她解释道，“这不是说他让人心惊肉跳什么的，实际上他相当好玩，但是我并不感兴趣。他不是我喜欢的类型。”

劳拉一直委婉地告诉他，她无意于此，但他并没有住手。他不达目的就誓不罢休。

“所有人都知道了，”劳拉对我说道，“他告诉每一个人他有多喜欢我。人人都觉得这真是太甜蜜了，然后他们全都热衷于说服我去和他约会。他们说这样的话：他是个蛮不错的小伙子，你应当试一试，他太好了。”

克里斯开始和一些共同的朋友一起出现在劳拉的家里。他会坐下来喝咖啡，和她的孩子们聊天。后来他开始独自出现，只是来说说话。

随着事情的发展，来自每一个人的压力越来越大，并且克里斯看起来也不错，劳拉同意和他约会。“我们出去了几次，并且约会了几个礼拜，但他不是我喜欢的类型，所以我就提出分手了。”

克里斯不接受这段关系的结束，甚至劳拉的朋友们也一直想要说服她再给一次机会。劳拉很坚决，她不愿意再同他约会了。克里斯到她家里拜访了几次，同样只是聊聊天。她很温和地重申她不愿意再和他做情侣了。他看起来很友好，但劳拉开始担心他就是不愿意分开。

“就在一天晚上，他深夜跑到我家里，一切都变了，”她回忆道，“外面一片漆黑，孩子们都上床了，我听到了砰砰的砸门声。我一看就是他。我打开门叫他离开，他搞出的声音响得要命。我没有理由特别害怕，我也不想他吓到孩子们。他从我身边挤进屋里，强奸了我。”

对劳拉来说，那个晚上确实一切都变了。她没有尖声叫喊，她呆住了。她十分害怕孩子会下楼。她几乎没有伤痕，而且是她给他开了门。大家都觉得他是个蛮不错的小伙子。劳拉觉得她不能去报警。她甚至认为她不能告诉她的朋友们。

克里斯跑掉了，她有好几个礼拜都没有再看到他。但她不再去那些他可能会在的地方，她尽力避开他，现在她完全给吓坏了。

一天晚上，他又露面了，砰砰地砸劳拉的门。这一次她没有开门，而是报了警。警察叫克里斯走开。他告诉他们，他只是想见见他的前女友。他们看上去很理解，事情非常迅速地解决了。但是克里斯在他们离开后回来了，又一次砰砰地砸门，大喊大叫。他不在乎警察了。他可以很轻易地辩解，他是一个为爱痴狂的前男友。他们或许会叫他走开，但仅此而已。

“我现在给吓坏了。我知道他不会放过我。我知道他不在乎警察。我十分担心我的孩子会被他吓到。我得护着他们不受伤害，他们还很小，”劳拉回想道，“接下去就是开始打电话了。他会没完没了地打电话，有时候拨打数百个。我发现如果接了电话，即使只是很短的时间，他也会消停几天。我甚至计算出了在他上门之前我可以忽视的电话次数：大约十九个电话。要是我在那个时候接了电话，他就不会上门。”

克里斯有时候仍然会在深夜出现，使劲捶门，要求放他进来，也吓坏了孩子们。警察并不总能迅速地赶到。

我看了闭路电视监控画面，克里斯在深更半夜砰砰地砸劳拉的门，又嚷又叫，甚至还踢门。劳拉想，就像那些电话一样，如果她打开门，他或许就会离开。这对劳拉来说是一个高风险的举措，但是骚扰正在升级，接触也是不间断的，而她的孩子需要保护。

你能拿一个不怕警察的人怎么办？一个能让警察相信他是一个好人的人？为了换取自己的安全，劳拉开始顺从他的要求。

没过多久，她就明白了，如果*她允许克里斯强奸她*（这是她的原话），那么她就可以为自己换来大约三个礼拜的安宁。这不是一个妄想劳拉渴望得到他垂青的男人，这是一个享受支配她的权力的男人。

劳拉陷入了一个怪圈。她一直让他进入她的房子，接他的电话。劳拉不是一个百依百顺、唯唯诺诺的人，所以她的朋友，还有他的朋友，都认为他们只是分分合合的关系。实际情形是如此不同。通过这种屈服，劳拉设法让自己平安无事。但是压力和恐惧正在摧枯拉朽。

劳拉决定在警方这里再碰碰运气。她设法拿到了一份针对克里斯的限制令。朋友们对她颇有微词，指责她勾引他。克里斯也没能很好地遵守限制令。

一天晚上，劳拉独自在家，她的孩子和他们的父亲住在一起，克里斯破门而入。他把她拖到卧室，把她和他一起关在里面。他怒不可遏。在接下来的四个小时里，他殴打、强奸了劳拉，打断了她的肋骨，划破了她脸上的皮肤，刺穿了她的肺部，扯掉了她的头发，把她勒至昏迷。

外面天光渐亮的时候，克里斯决定挪个地方，把劳拉带去别处。殴打已经结束了，劳拉的直觉告诉她，他打算杀了她。当他试图把她弄进他的车子时，她赤身裸体地跑到街对面，引起了一个邻居的注意，并且收留了她。这真是一个奇迹。劳拉被送往医院，住进了重症监护病房。

当克里斯由于伤害劳拉而被捕的消息传开后，引起了普遍的震惊，人们的反应多少有点褒贬不一。有些人替劳拉感到毛骨悚然。然而，还有些人为克里斯鸣不平，认为他只是一个在无法承受的压力下崩溃的男人，是他自己的嫉妒以及劳拉三心二意的牺牲品。

但劳拉被操纵了，在她竭尽所能地保护自己的平安时，人们却认为这是轻率的。这恰恰与轻率相反。在她心里，阻止克里斯的唯一办法就是顺从他的要求，这能保她平安无事一阵子。当她不再顺从时，就是克里斯变得更危险的时刻。

她本来有可能会由于他造成的伤害而死去，但一连串事件中的一个短暂破绽使她得以逃脱，并且在重症监护病房的一段休养挽救了她的生命。劳拉若不在人世，是因为克里斯在那天把她揍死了；劳拉还活着，是因为她在他杀死她之前逃脱了。这里有一个很大的区别。克里斯由于伤害罪而被起诉，并判入狱服刑。

*

所有这一切都是在人们眼前发生的。克里斯成功地得到顺从，这种顺从看起来并不像是恐惧，它看起来像是同意。

邦妮在卡尔这里，也有过相同的经历。她不得不让卡尔回到她的生活里，保证自己的安全，而不用承受拒绝他接近的后果。对邦妮而言，并非她的朋友们不理解她的担心与恐惧；对她来说，是来自警察的不理解。她求助警方，无数次地针对卡尔报案。警察会出警，让卡尔走开，叫他安分。他们没法理解，只不过是两个礼拜之后，邦妮又一次在同样的情形下报警求助了。

对受害者来说，需要解决的是后果。比如，假设有人受到了恐吓，而我们，无论是作为朋友还是作为专业人士，想就她们的安全问题给出建议，我们可以对她们说："这有可能会造成什么样的后果呢?"如果我们的建议是更换她们门上的锁，就问她们这又会带来什么后果：那个人会尝试直接把门踢开吗？他们有可能接受更换过的门锁吗？随之而来还会有其他令人担心的事情发生吗？我本可以对那位不愿意上救护车的女性说："要是你上了救护车，可能会对你有什么后果?”或者:“我们能如何帮你渡过难关?”但我当时还没能对暴力有这样的理解。

我和警察谈起过邦妮,就在她被杀害之后,一位警员告诉我“邦妮不会离开卡尔的”——她不断地重新回到他身边。我暗示说,也许是他不放她一个人待着,或者是她无法摆脱他。又或者回去会更安全一些?很像是许多年前我的第一位警长那样,这位警官无法理解受害者的行为。求助的电话被当作邦妮和卡尔之间的一场小小的争执,两人各有各的错,这对其中实情的判断错得离谱了。

*

我第一次真正经历针对我的极端暴力是在一天晚上的加油站。我和两个朋友在一起。当我们下车时,看到一群年轻人在前院殴打一个服务员。那个服务员跑进商店,锁上了门,把一伙大约四五个年轻人锁在了外面。他们看起来似乎还想要接着打架。我走到前院的紧急电话前,报了警。当我还在和指挥中心通话的时候,那些人靠近了我,叫我放下电话。我继续打电话,突然之间,我的脸上被猛击了一拳,然后那一伙年轻人就开始对我和我的朋友们拳打脚踢。

每一次我被击倒在地,都硬撑着站起来;我记得有好几次,爬起来又倒下去,整个人晕晕乎乎的。不知怎么回事,我觉得站起来要安全一些。殴打似乎持续了很长时间。我既没有力气也没有本事去和这帮人干架,我知道警察已经在路上了。最终,当这些人听到警笛声跑掉的时候,我和朋友们都已经鼻青脸肿了。这是我头一回被狠辣地、用力地反复击打头部和脸部。这段经历让人不寒而栗。十分幸运的是,我们没有受到更严重的伤害。

过了一阵子,其中有几个人被批捕了。这场审判本身就让人饱受折磨,因为那些人每人都有一名大律师,我们遭到了他们无情的盘问。最终他们被判有罪,并处以有期徒刑。

要知道,这种经历与家庭暴力的受害者所遭遇的在很多方面都是不同的。首先，我不认识那些殴打我的人，这种生疏使得举证更加直截了当。作为一个受到陌生人袭击的受害者，陪审团和法官都以同情的眼光看待我，而这在家暴案例中是很罕见的。

我确实觉得司法系统是为了处理事件而不是模式而设计的，而这就是其中一个问题。为模式（情感操纵和跟踪骚扰都属于模式）收集证据与在事件发生之后收集证据有很大的不同。法律的设计也没有充分考虑到当事人之间的权力差异。他们让受害者与施暴者并排出庭，尽管有专门的措施用以解决与施暴者面对面的问题，但整个诉讼过程都要求受害者与那个令他们感到恐惧的人，或者是有权操纵他们的人做抗争。

解决证人恐吓（witness intimidation）的进程不像它们能够做到或者理应做到的那样进展顺利。对抗制司法系统要求人们像战士一样互相争斗，并且就其本质而言，跟踪骚扰和情感操纵对受害者尤为不利。这些罪行的受害者更倾向于逃离暴力，让模式停止，而不是投入与她们的施暴者的战争，让事态升级：那正是她们拼命想要避免的。

与之形成鲜明对比的是，那些把世界分为赢家和输家，对战斗得心应手，甚至乐在其中的人，就相对无所畏惧。在法庭上，这是属于他们的法条，合法并且永恒。许多关于抗制司法系统的假设都是有缺陷的，那些熟知该系统的人，举个例子来说，像是凯尔·斯塔默爵士（Sir Keir Starmer），他在担任总检察长（Director of Public Prosecutions）的时候，就曾质疑这一制度的有效性。

西蒙娜

西蒙娜过着田园牧歌般的生活：和亨利结婚三十多年，住在位于风景优美之地的漂亮房子里，没有金钱上的顾虑，孩子们业已成年，还有健康、快乐的孙辈。但看似完美的东西往往并非如此。

我是在医院与西蒙娜见面的。我从她的笔记中看出，情感操纵已经主宰了她的生活。这是一种已经不着痕迹地融入了婚姻生活的操纵，让人毫不怀疑、心甘情愿。正是这根绳子把她和亨利绞在了一起，形成了一个紧紧的交错缠绕的结，经过这么多年已经不可能解开了。

我驱车数英里去探望她。那是一个艳阳高照的日子，我满心欢喜地走下车，在和煦的微风中稍站了一会儿，就为了欣赏一下医院的花园。医院十分整洁，管理得井井有条，尽管我记不清桌上整整齐齐地堆放着什么杂志，但我感觉《乡村生活》绝对是很相衬的。这正好提醒了，任何人都可能受到情感操纵的影响——无论阶级、年龄、种族或教育程度。一切皆有可能。

一位身材高挑、发型漂亮的深棕色头发女子伴随着自信的嗓门出现了；她大约五十岁，目标明确地朝我大步走来。我能看到她身后还有一个女人，不那么居高临下，更安静、更内敛。我猜她年龄大致相仿，但不可能相差更大；她头发花白，很是随意。她稍跑了几步，好跟上前面那位女士。后者正向我伸出手，开口说道："你一定是简。很开心见到你，往这边走。"另一位女士微笑着，我们一起步入了咖啡区域，坐下来聊天。

我此前没有见过西蒙娜，在听说了她的故事之后十分好奇。因此，当我们坐下来，那位自信的女士大步跑去拿咖啡时，我对她同意与我谈话表示了感谢。"噢，我不是西蒙娜，"她微笑着说道，"西蒙娜是拿咖啡的那一位。"

我们一起转过头去看西蒙娜，她正端着一托盘咖啡大步流星地走回来。我刚刚以为，因为西蒙娜是这么自信、有主见，应该是她在帮助照料另一位女士。

西蒙娜在我对面一张色彩淡雅的扶手椅上坐下，并且在身边放好柔软的靠垫。在接下来的两个小时里，她一直在跟我说出院后为自己打算好的生活。“我全都想清楚了，我简直等不及了，”她解释道，“这将是全新的生活。”她设法回自己的祖国法国购买了一处房产，打算开办一家餐厅，并且已经雇用了一对夫妇，在她待在医院这段时间里照看一下。西蒙娜表现出一种热切的兴奋与幸福之感，她期待开启生活的新篇章，并且激动不已地谈论着它。我不得不敦促她和我聊一聊在她杀死亨利前几天以及前几周所发生的事情。

女性仅占杀人凶手的10%左右。杀害丈夫或伴侣的女性在其中所占的比例更小一些；女性有预谋地杀害她们的伴侣，而不是为了反抗家庭暴力，这样的情况又只占其中一部分。因此这个数字要远低于男性杀手。然而，尽管像西蒙娜这样的女性并不常见，但她们确实存在，并且她们表现出与卡尔和文森特这样的人相类似的模式。她们往往有很强的操纵欲，很自我中心，当她们被拒绝时，更多的是感到愤慨，而不是爱。

二十五岁的哈斯娜·贝居姆就是一个很好的例子。她在2017年6月杀害了前伴侣彼得罗·桑纳，在一次蓄意疯狂的袭击里刺了他三十六刀，让他完全措手不及。贝居姆只有四英尺十一英寸高，身材娇小，说她杀死彼得罗是为了自卫。陪审团没有采信她，她被判犯有谋杀罪，处以无期徒刑，裁量刑期为二十年。

西蒙娜的丈夫亨利是一个很有能力的人，开了好几家餐厅。他在社区里受到很多人的喜爱和尊敬。从大家所说的方方面面来看，他为人和善、慷慨大方。西蒙娜就不那么受欢迎了，似乎经常与人争执不断，也包括她的同事和家人。她当然十分强势，她完全主导了在这家精神病院陪伴她的监护人员，这相当有意思。我可以想象，她多半很容易挑衅别人，并且极难对付。

她告诉我，她和丈夫的同事在一家她有点兴趣的餐厅发生了龃龉，而这正体现了那天我们谈话中反复出现的一个主题。“我没有得到尊重，”她在提及丈夫的同事时说道，“我对菜单和装潢有一些妙不可言的方案，但他们就是看不到我的想象。我知道我在说些什么，而他们并不喜欢。不管怎么说，是我们拥有这个地方。”实际上，西蒙娜和亨利的生意并没有什么关系，但她突然决定要参与进来，或者说，更重要的是，她来负责。

她的语调从头到尾都是愤愤不平的，就好像自己受到了某种不公正的对待。和许多杀害了配偶的人一样，西蒙娜对自己的权力有着不容置疑的信念，并且对于未能确保她得到应得的一切似乎有种不可接受的挫败感。在西蒙娜的世界里有严格的阶级分层，而她坐在大多数阶层的顶端。虽然性格跋扈，但我发现她脸皮很薄。她会在鸡蛋里面挑骨头，而且每每如此。我很容易想象，和她生活在一起会穷于应付。“要是他们听了我的话就好了，”她接着说道，“他们不知道自己在做什么。我告诉过他们了，事实证明我是对的。”

这是西蒙娜对我说起的一件不相干的社交事件，发生在数年以前的另一家餐馆，涉及另一拨人——她看起来是在一个毫无关联的记忆上偏离了方向。但其中是有相关的联系的，那就是挑战了她的人。这一事件仍然让她耿耿于怀：她的指示没有得到执行，她就是无法释怀，她的恼怒可想而知。她怀恨在心已经好长一段时间了，甚至会觉得在一次有关她为什么会杀害丈夫的采访中提起这一点也是恰如其分的。

这就是我不想引导同操纵欲强的人谈话的原因之一。让他们来告诉我，什么对他们来说是至关重要的，什么是真正驱动他们去做的，这更有意义。西蒙娜正在向我透露，无论这一谈话的背景如何，她的脑海里都充塞着鸡零狗碎的争执和显而易见的不公正。

因此，听到她几乎与每个人都有无数的争执也就不足为奇了。那些能够应付她，也不会惹怒她的人，可能会像亨利一样同她相处得不错。他的生活看起来就是围绕着满足妻子的期望团团转。当她与他的员工发生冲突时——一些确实与她完全无关的事情——这就是件大事情了，因为她受到了挑战，她不能随心所欲，而她讨厌这样。她要亨利为她挺身而出，与她的立场保持一致。她想让亨利解雇餐厅里的所有人，以示惩罚。可是亨利想要她来让步，多半是因为他觉得她理亏了。在她看来，这是令人难以忍受的不忠行为，也决定了婚姻全部的不忠。

她开始疑神疑鬼，认定亨利不忠，并且很快就怀疑他或许会离开她。这引发了一系列跟踪和操纵的举动，给亨利的生活蒙上了阴影。当他在工作时，她会从早到晚地给他发短信，要他留意并且即刻回复；她会翻看他的东西，执拗地认为他有外遇了；她会搜他的口袋，察看他的手机和网络动态，这样她就清楚了他所有的事情；她开始威胁要自杀，亨利不得不担心她的安全。她开始出现在他的餐厅里，对他的同事进行口头威胁。警察不止一次地被叫来。大家都认为她有点崩溃了。

所有认识他们的人都清楚，亨利搞不定西蒙娜。大多数人，包括亨利在内，只看到了她给自己带来的危险，而忽视了她对他的日益增长的危险。当西蒙娜杀害亨利的时候，是蓄谋已久并且冷酷无情的。营业结束后，她在餐厅的厨房里捅了他好几刀。她随后报了警，称对所发生的事情毫无记忆，并且丧失了意识。由于西蒙娜行为反常，几度威胁要自杀，这一历史有目共睹并且记录在册，她被认定不具备自我辩护的能力。她并没有否认杀害了亨利，被判住院令。这对于那些被认为需要心理健康治疗的人来说，是一种替代徒刑。

西蒙娜不愿意和我谈论亨利：看起来她已经从那段生活中走了出来，专注于她的新生活，以及当她离开医院后会是什么样子。她告诉我，她能够在十二到十八月内说服医疗专家自己足够健康、可以出院。我相信她有能力做到这一点，这让我脊背发凉。

亨利生活在恐惧之中，但他并没有像我所描述的其他受害者那样，随着时间的流逝，一再地缩在角落里躲避暴力的打击。他的恐惧是复杂的，这从他顺从西蒙娜的要求就可以看出来。他害怕激起她的焦虑，尽量地试图处理好他们的生活，安抚西蒙娜。他尽心尽力地应对他以为是精神病的疾病。回顾西蒙娜的过往，她始终有很强的操纵欲，很难相处。这也是一种模式。即使有可能是精神疾病，操纵历史也是相关的。

我与西蒙娜的会面结果无疑是发人深省的。此外，尽管文森特、卡尔和西蒙娜之间存在明显的差别，对我来说，他们的相似之处才是最有说服力的那部分。这三个人都有一种想当然地要操纵他们伴侣的需求；他们把这个看作他们亲密关系中不可协商的一部分。当他们杀死伴侣时，他们都是在回应彻底的失控——无论这失控是确凿的、威胁的，还是疑似的。他们全都觉得控制权的分崩离析是绝对不能容忍的。尽管他们的受害者截然不同，但都被操纵得服服帖帖。受害者牺牲自己的需求，优先考虑他们那些有操纵欲的伴侣的要求，每个人都很害怕惹恼他们的后果。所有的受害者都经历了不一样的恐惧和操纵，但都以几乎一致的方式来应对——顺从。从这些看似差异很大的案例中可以很容易看出，操纵者并不总是一模一样，但是也有关联和相似之处，我们不应忽视这些。

比如，同性恋中的男性，在亲密伴侣凶杀中比大多数普通男性面临更高的风险。他们的生活中往往有更为复杂的因素，使得情感操纵变得十分强大。比如他们并不想要或者觉得不能公开他们的性向，这就使得他们很容易受到威胁。同样地，在某种程度上，许多被边缘化的团体也可能会发现孤立的威胁特别有害。

我通过正在进行的凶案审查听说了一个年轻人和年长男性发生关系的案例。研究发现，无论男女，假如一段关系的年龄差异很大，并且年长者在实施操纵，那么伤害的风险就会更高。那位年轻人在处世上不如他的年长伴侣老练，他还有滥用药物的问题。

他的伴侣清楚这一点，并且利用他的这个短处来操纵他。伴侣怂愚他，为他提供并且购买非法药物。在朋友们的帮助下，这位年轻人最终决定要摆脱这段关系，因为他发现操纵之厉害，简直难以共同生活。然而，在分居那天，他服用了年长伴侣给予的过量非法药物，遭受了毁灭性的一击。

有时候，当一个人的死亡涉及毒品时，它可能会掩盖问题所在，情感操纵也变得不那么明显。毒品几乎就像是确凿的证据，转移了注意力，轻易地给出了错误的答案。大多数案例都是很复杂的，但因为某人有酒精或毒品问题，或者是精神健康问题，并不意味着他们没有受到操纵。事实上，毒品和酒精增加了操纵的可能性，会被操纵者加以利用，吸毒者也会被唆使滥用。它们也会被用于自我麻醉。精神健康的缺陷也会被用来削弱人们对虐待的指控。这些东西都使人变得更容易受到操纵，也更容易令人心生疑窦。

西蒙娜一直偏执地认为亨利要离开她，这个念头越来越支配了她的思维。她用自己的精神疾病来操纵他。她没完没了地指责他企图离开；她会指责他和别的女人有染，那些他俩都认识的女人；她会定期检查他的手机寻找证据，并且指责他背着她做坏事；她会上演自杀未遂，并确保所有的注意力都集中在她身上。分手的威胁萦绕在西蒙娜的脑海里。亨利可能会离开她，但对此她并未感到悲伤：像许多操纵欲强的人一样，她只觉得愤慨、恼怒以及怨恨。

我提到过嫉妒法则和忠诚法则，它们会引发和维系操纵；也提到了煤气灯效应，它会削弱反抗。第三阶段往往还交织着另一个明确的模式——刻板规矩的运用。

刻板规矩

如果你想看一个关于刻板规矩是如何运作的辛酸小品，那就看看保林娜·科林斯和伯纳德·希尔在电影《雪莉·瓦伦丁》（*Shirley Valentine*，1989，又名《第二春》）中关于“薯条和鸡蛋”的对话吧。同名主角雪莉在某一个星期四给她丈夫配了薯条和鸡蛋来喝茶，而星期四原本是配牛排和薯条的，薯条和鸡蛋则是用来配星期二的茶的。她的丈夫乔——由希尔扮演——如果发现不仅茶点迟了，而且配菜也错了的话，会变得万分焦躁。最后他怒气冲冲地把食物猛地推向她，打翻在她的大腿上。

在影片的后面，雪莉离开乔，去希腊为自己开创新的生活。我们听到他谴责她让他沦为了笑柄。轻描淡写的现实在这部影片中被很好地观察到了，捕捉到情感操纵的某些细微差别。

我和皮特会面的时候，我想到了薯条和鸡蛋那一幕场景：他私下里对自己处境的洞察对我颇有启发。就像嫉妒和忠诚法则打开了灌输和实施情感操纵的大门一样，刻板规矩的用处不仅是作为操纵的方式，同时也被当作施暴者的早期预警系统，因为他们的操纵受到了挑战。皮特和我见面是为了谈一谈他的生活：考虑到皮特的状况，这对他来说是一大步。他知道他不快乐，他知道他的婚姻并不美满，他也知道他想要离开妻子。

我认为皮特很清楚是哪里出了问题，但他不相信自己，他似乎需要某种确认。他需要别人来说："这是不对的。"

我们在一家咖啡馆里并排坐着，没有人会猜到我们在谈什么。皮特是一个十分职业的人，对他的工作很负责。无论从哪方面看，他似乎都毫不顺从，也并不缺乏自信。在这种情形下，许多和我坐下来谈话的女性都会透露她们有多么害怕。但皮特没有这么说，他并没有跟我说他很害怕。

"那么，是什么促使你来找我谈话的呢？"我问道。他笑着，低头看了几秒钟，然后直视我的眼睛。"我不能选择吃什么东西，被管得太死板了，"他说道，"甚至也不准我说要吃多少。她一进门就做饭。我并不总是知道那会是什么时间，但我必须等待。"

皮特停顿了一会儿，陷入了思考，把他的经历整理成有意义的东西。这或许是为了我，但可能更重要的是，为了他自己。

我知道一件事，它不仅仅是吃的问题，也不仅仅是皮特结婚二十年的妻子控制了他饮食的问题，是比那些要严重得多的事。

“有一天，我带了一些预包装的蘑菇回家，”他继续说道，“有人告诉我它们真的美味，我很想尝一尝。而她只是从我手里接过去，把它们放进了冰箱，说不健康。第二天，我想把它们从冰箱里拿出来的时候，发现不见了。或许在垃圾桶里。”

“你为什么要找它们?”我问道。

他看着我，笑了。“你问得没错，”他说道，“我不可能去煮的，我也知道它们给扔了。这就像是一种确认，看看我变成了什么样的人。反正我也不敢去烧煮它们的。”

“为什么呢?”我问道。

“因为这会是一个表态，也会是一种挑衅。在这么多年循规蹈矩后，现在去烧蘑菇就像是宣战。实话说，我并不认为我会赢，所以对于我无法预测或者把握结局的事情，最好不要开始。”

“那么，你有多少次回避了这种冲突的爆发?”

“好吧，这很奇怪。但当我站在那里，冰箱的门打开着，”他说道，“我的腿会真的发冷。我环顾厨房，并不是第一次地意识到我是一个入侵者：这不是我的家，也不是我的生活。我没有权利打开冰箱取出食物——我刚得到了许可，但很清楚自己没有得到吃那些蘑菇的许可。这事儿没有明说，但我们都清楚这一点。我腿上的寒意给了我信心。接着，我开始害怕了，怕冰箱里的食物会解冻，而她会发疯。所以我关上了门。”

皮特把视线从我身上移开，低下了头。

“你这么做的时候，她在哪里呢?”我问道。

“她在上班。”他说道，又一次直视我。

“所以，当她不在，而你只有一个人的时候，你是否经常去做不被允许做的事情?”

“并非如此。我真的很无聊,”他回答道,“我每天都在重复差不多的事情。嗯……我早晨6点开车上班,晚上6点30分回到家里。想想我有多无聊,这会很有意思。我年轻的时候总觉得自己很叛逆。我用同一种古龙水已经二十年了!这有多乏味啊!”

“好吧,我猜你很喜欢这香味,”我说道,“或许试试另一种?”

我故意这么说的,这样皮特就不得不去思考,是什么阻止了他换一种古龙水。

皮特想了一会儿。“不,”他说道,“我需要一个理由。如果我要换掉它,我想过这件事,她会想要了解是为什么。她会以为我有外遇之类的。我必须让一切都丝毫不走样。任何变化都逃不过她的注意。我不得不小心翼翼。有一天晚上我在看电视,但那是一个我此前没有看过的节目。当她进来的时候,想知道我为什么要看这个。这就变成了一场争吵,因为她不相信我给出的理由。但我确实没有理由,我只是在看而已。我就那么接着胡编乱造,然后又扯到了别的上面,这使得她又为了别的什么事情来指责我。”

“所以你做同样的事情,是因为改变会带来麻烦?”我说道。

“房子里的东西,”他继续说道,“它们必须保持原样。我什么都不能动。橱柜是按照一定的方式摆放的,毛巾必须朝向一定的方向,我不能改换任何东西。就好像我是这幢房子的客人。这不是我的家,也不是我的规矩,总是如履薄冰。这也不是那种爱干净的问题。她不是一个很整洁的人,但她的事情几乎就像是陷阱。坦率地说,我渴望逃离。”

“你想过离开吗?”我问道。

“始终都想,”皮特说道,“但她会和我干架,她太可恶了。她会把我的生活变成地狱。我一个人连一瓶威士忌都买不起,怎么会有胆量离开呢?”

他拿起咖啡，想喝上一口，但随即又放下了，有点兴致勃勃地说道："大概在三年前，我确实提起过。一开始她只是崩溃了，哭着乞求我，接着变得恶意满满，说了一些很可怕的话。然后她告诉我，她正在医生那里检查，她得了一种真的很严重的疾病，她说我离开会要了她的命。"

"那之后发生了什么?"我问道。

"那时候，我意识到离开是毫无可能的。不论我如何打算，我知道都会被她毁了。那次对话后的第二天，她有几个朋友来访，她们在谈论我，她一直在哭。我知道我被谴责有外遇，或者诸如此类的。她们坐在那里，都在憎恨我。"

"离开最让你害怕的是什么？你觉得她会在身体上伤害你吗?"

皮特考虑了一会儿才开口。"我从来没有真正地思考过这个问题。我只是在想，比起身体上的伤害更要紧的，你知道，是她会毁了我，从方方面面彻底地毁了我。如果她真的对我动手——她生气的时候的确会打我——我会自卫，我只是知道她会说是我攻击她的。这吓到我了。我不想要一个案底。我害怕她，我变得逆来顺受，因为我甚至不能告诉你是怎么回事，但我知道她会摧毁我。我必须对此有所准备，我得有个计划。我似乎从未得到过我想要的一切。"

与皮特相似，亨利也不怎么害怕来自西蒙娜的暴力，但他担心她所制造的混乱。有时候，西蒙娜把亨利给吓坏了，推推搡搡的样子就好像快要失控了。然而，他更担心的是他自己或许不得不使用暴力来自卫，以及那会是什么样的情形；有时候她会威胁要伤害自己，亨利会担心她的心理健康，为她寻求帮助，而不是为自己。

皮特的妻子似乎操纵了他生活中的方方面面。它并非如同一套需要遵守的规则那么简单：只要不违背规则，就能获得自由，那有点像父母与孩子的关系。它与那种关系很不一样。它更像是广义上的征服：嫉妒以及对绝对忠诚的期待诱导了每一次的互动，并为每一次选择灌输了意图。

对皮特行为的监控很容易，因为他一直都逆来顺受。到处都是陷阱，其目的是让任何违抗都变得显而易见。任何行为上的异动以及选择上的表达都会被解读为不忠或者挑衅；更要紧的是，这是操纵正在减弱的警报。

皮特的妻子与西蒙娜很像，她无所不至地管着她的丈夫，使得他规行矩步、自我约束，也把他的世界缩小到她能管控的范围。一旦实现了这种事无巨细的管控，即使最微小的变化也会非常明显，并且可以用来先发制人，粉碎任何更为紧要的挑战。这种微妙的平衡意味着，即使烧煮几只蘑菇也可以被解读为基本的挑衅与密谋的迹象，并且在很多方面都会如此。再加上对其后果的真切的恐惧，打算离开会是一件非常困难的事情。

*

那些操纵欲强、怨天尤人或者睚眦必报的人可能比那些泰然自若地接受拒绝和挑战的人风险更大。我们都知道有些人对怨恨耿耿于怀，并且有仇必报。这或许是一个征兆，表明他们有操纵的问题以及格外不堪一击的自我意识。无论男性还是女性，如果一个人坚称“没有人像这样跟我说话”，或者坚持把尊重他视为一种权力，这种人有可能更难应对拒绝和挑战。

众所周知，分手是把操纵者推向临界点的关键触发因素，对它的反应会非常极端。操纵者的脑海里总有可能会分手的念头，这是他们最大的恐惧和偏执。

西蒙娜的所作所为说明分手不一定非得是真实的，它可以是想象的和信以为真的。恐怕正是亨利行为上的细微变化，以及假想出来的挑衅和不忠的举止，导致了操纵的升级。他没有顺从卷入争执的要求，而这种不顺从对西蒙娜来说是不忠诚的征兆。她的意志受到了挑战，她的操纵正在减弱。

对出轨和不忠的不断指责是一个警告的信号，表明一个人的脑海里充斥了这种念头，也清楚自己对这种可能性无能为力。但是，如果认为这是他们的一个缺点，可以通过对他们展示足够的爱来治愈他们的恐惧，那就错了。大多数操纵欲强的人不会像我们以为的那样，因为分手而崩溃；他们更经常的是对此感到愤怒。他们所捍卫的并不一定是失去某个人，而是失去某一段关系。一些操纵者同时保持几段关系——比如，婚姻之外的外遇——但他们会对每一位伴侣都实施操纵。

皮特觉得自己被困住了，他很清楚他的离开可能会激起雷霆之怒。所以他留下来了，等候机会，让一切安然如故。这也是唐娜和邦妮的生活的完美映照，是情感操纵中我们很难理解的一部分。

操纵是阴险狡诈，并且带有欺骗性的，它们往往不露形迹。人们能够看见暴力，他们可以听到威胁，他们也能看到泪水、听见恳求，但他们瞧不见操纵——除非他们相信它就在那里。加文·德·贝克尔明确地表示，在我们看见之前，我们首先要相信。当我们看不到任何暴力、听不见任何威胁，当我们只剩下操纵时，这就是一场完美的不可察觉的风暴。

成年人会做出选择，受害者也不例外。皮特选择和妻子在一起是基于成本收益分析。在权衡了离开卡尔的后果之后，邦妮做出了类似的决定。当我们看到一些受害者所做出的选择，并且它们看起来不像是我们认为自己会做出的选择，或者我们误解了发生的事情时，实际上，我们可能在不经意间助长了操纵者的力量。

操纵之网

操纵并不简单，并且很少是单向度的。多种类型的操纵交织在一起，织就了一张看似难以逃脱的网。

比如，财务上的苛待增加了另一层，它不仅限制了一个人能做的事情，当这个人打算离开时，它还制造了另一个需要克服的障碍。或许他们没有银行账户，或许他们根本拿不到钱，或许是他们的伴侣管着所有的账单。受害者也有可能是那个挣钱的人，他们的伴侣依靠他们过活。就想要离开而言，这同样是要命的。要供养两套房子可能会捉襟见肘，或者让一个人无家可归。我曾经见过操纵者故意放弃工作的案例，然后把他们的时间用来监视控制他们的伴侣。即使一个人拿到钱的途径不受限制，但他们使用钱的方式可能会受到严格的管控，被百般盘问或者考量。有很多种方式可以卡住金钱与财物，使得操纵得以维持。福利或许会被冻结，而一个人的信用也有可能被破坏。如果受害者要带着孩子建立一个新家，信用记录不佳或者没有存款是不可能搞定住所的。

操纵之网还包括了与其他人明里暗里的共谋。在洁丝敏的案例中，她的婚姻是包办的，她是嫁过去和姻亲住在一起的。她谁都不认识，在当地没有朋友，也没有联系人。接下来的十八年对她来说是可怕的。她成了类似于奴隶一样的存在，承担了家里所有的家务粗活，被整个大家庭①所控制。她的自由受到了公婆、丈夫以及大家庭的限制，随着时间的流逝，还加上了她自己的孩子。洁丝敏感到被困住了，无路可走；她不认为有离开的可能。她得不到帮助，也无处可去。她很清楚如果她设法离开，丈夫和公婆会直接把她带回来。洁丝敏最终结束了自己的生命，她的遗书透露了她的痛苦和孤立。

这种类型的共谋控制可以在各种各样的家庭团体和社群中见到，当我们考虑到所谓的“荣誉暴力”（HBV②）的时候，就尤其典型了。

---

① 大家庭（the extended family），包括祖父母、父母、叔伯、姨姑等在内的数代同堂的家庭。

② HBV，Honour-Based Violence 的缩略语，意为“基于荣誉的暴力”，指施暴者对家庭成员实施暴力以挽回家族荣誉。

英国慈善机构“卡玛·尼尔瓦纳”① 是为了帮助陷于这一境地的人而创立的。当我在伯明翰的一个活动上发表演讲时，他们正在那里致力于提高人们对有关荣誉暴力问题的认识，而这种暴力有时候也会以谋杀终结。某些类型的荣誉暴力的过程和动机与凶杀时间轴的八个阶段有非常近似的平行对应，这一点在活动上得到了讨论。操纵或强迫一个人服从的动机是一样的，对操纵的威胁或者受害者试图挑战操纵也会终结于荣誉暴力式的死亡。在洁丝敏的案例中，她结束了自己的生命，认为逃跑毫无可能。

当受害者在乎的人受到胁迫时，逃跑也变得越发困难，甚至宠物也可被视为一种威胁：有些操纵者会恐吓要对宠物实施安乐死；或者伤害它，不给它喂食。如果这个宠物一直是与世隔绝的生活里的可靠陪伴，这或许会是一个可怕的要挟。更常见的是利用儿童来实施操纵和威胁。

阿米塔是一个年轻女子，在和穆罕默德的整个关系中，她一直在怀孕。他会强迫她做爱，并且不准她采用避孕措施。阿米塔害怕违抗穆罕默德，极其渴望离开他。他曾在不同的时间折断了她所有的手指，强奸也是隔三岔五的事情。他们有五个不到十岁的孩子。穆罕默德放弃了工作，好保证自己能够监视阿米塔。他整天待在家里。她告诉我，当天确实要离开屋子的时候，他总是至少带上一个孩子一起。“他知道我不会跑掉，不会扔下我的孩子们，”她说道，“所以他身边总是带着其中一个孩子。我不会跑的。我不会把他们留给他。我做不到。他们是我的孩子。所以我就给困住了。”

阿米塔有一个朋友，我和她们俩一起谈过话。那位朋友频频点头，赞同阿米塔跟我说的每一件事情。“我不知道没有布沙拉我该怎

---

① 卡玛·尼尔瓦纳（Karma Nirvana），原文意译为“业·涅槃”，皆为佛教用语，此处采取音译。

么办，”阿米塔说道，朝她的朋友点了点头，“她让我保持清醒。”

布沙拉笑着说道：“我讨厌他，我极端厌恶他，但如果一旦让他知道这一点，我就会被阻止。我就再也进不了屋子了，然后她就只能靠自己了。我一句话都不会说。我总是面带笑容，真的是一团和气。我讨厌这么做，但我别无选择。我们能怎么办呢？”

在这里，布沙拉也陷在操纵的网络之中。她没有挑战穆罕默德。事实上，没有人这样做。他的所作所为肆无忌惮。这种情况延续得越久，他的权力就越大。布沙拉是一根救命稻草，但她不得不与操纵方虚与委蛇才能做到这一点。对她来说，这是一个可怕的两难困境。

“我很害怕法院会把孩子判给他，因为没有人知道，”阿米塔说道，“他们觉得一切都很好。要是我对别人吐露真相——嗯，我是说，如果他发现的话，他真的会杀了我。”

我记得在为我的一本书做研究时读到过一个故事，一个女人说丈夫常常威胁要体罚孩子们，但给了她选择的机会。他说要么是他来揍，要么由她来。最终这个女人打了孩子，她知道这会比他来动手要温和一些。毫无疑问，任何对孩子的采访都会向社会服务机构透露，是妈妈对他们动了手。有人曾经告诉我，有些女性会给她们的孩子服用镇静剂，这样他们就不会在半夜醒来哭喊，惹怒操纵者。有些孩子在操纵欲强的人的怂恿下开始虐待受害者。所有这些对孩子来说都是创伤性的。我们倾向于认为孩子“目击了暴力”，但他们不单纯是目击：他们正在经历暴力，他们受到了虐待。

*

家事法庭实际上是这种操纵的同谋。有一个在国际上广泛传播的运动强调了这个问题。“法庭说”（The Court Said）是一个对家事法庭及其歧视性举措做出挑战的非营利性组织。在家事法庭系统中，由法官和律师所做出的令人不可接受的评论和裁决层出不穷，这一运动提醒人们家事法庭亟需改变，并且产生了真正的影响。

让受害者和曾经操纵他们的人、曾经令他们感到恐惧的人待在一个法庭上，将永远找不到真相。对抗制系统假设每一个人都做好了战斗的准备，并且没有人被吓破了胆。这种情况十分罕见。由于这个系统的自大，它甚至假定它对双方都有控制权，并且它的决定是一锤定音的。当施暴者公然违抗法庭所施加的法令和法规时，这一系统中的缺陷日益清晰。法庭往往并不认真对待这些违抗，这已经成为一个问题了。情感操纵只为了取胜，这是一场复杂而险恶的游戏，社会规则和司法系统对受害者百般刁难，让他们得不到保护，有时甚至令他们死亡。

不过这些运动正在不断地增长，并且在全球范围内传播开来。家事法庭系统面临着巨大的变革压力，需要变得更加明智和开放。这个系统将受益于对操纵策略的识别，正是这些策略使受害者麻痹，让他们看起来“歇斯底里”，而施暴者却显得冷静而理性。

我曾经参与了一部有关家庭暴力和执法记录仪的纪录片《全景》（*Panorama*）。一个警用相机捕捉到了两名警员出警处理一位遭到毒打的女性偷偷拨打的 999 电话的时刻。那个殴打她的丈夫不知道她报了警。

暴力令人震惊，而这正是视频所捕获的。但更令我吃惊的是听到受害者告诉我的对操纵行为的描述。她提到了施暴者用来让她明白该如何表现的暗号。这些暗号以及另外一些信号不会被其他人识别或者察觉，甚至给人以施暴者并没有在操纵受害者的印象。在民事和刑事诉讼程序中，这些暗号和特殊的“表情”常常被用来动摇受害者的证词。这位受害者还讲述了暴力的施加方式。她的丈夫很清楚她为遭受暴力而感到羞耻，如果她身上有明显的伤痕，她就不会外出。她在一家慈善商店做志愿者，但丈夫并不乐意她去那里。在她病休了一段时间打算回去上班的前一天，他揍了她，这是一场有预谋的理智的攻击，就为了让她羞于上班。他的暴力不是冲动的，他也不是他自己那不可控制的脾气的牺牲品。这和情感操纵一样，都是深思熟虑、冷酷无情和嗜虐成性的。

性暴力

性暴力几乎总是以某种形式出现在情感操纵中。这是一种特别下流但是有效的手段，可以使人降伏，尤其是对于女性来说。它同时也是一种特别下流但是行之有效的凶案辩护手段。

性强迫行为被施暴者描述为“好玩的”，或者是双方自愿的，这并不少见。随之，那些可怕的或者下流的性侵犯在事后会被说成“只是闹着玩”，或者是受害者的过错。受害者会被指责为“反应过度”，又或者说是在自己的性行为上不够开放。“香草味”[①] 这个词被当作侮辱，就好比“性冷淡”一词也仍在使用，这些都使得受害者感到自己不够好。这些词可以用来操纵成年女子和年轻女孩，让她们答允那些使她们恐惧、痛楚、受伤以及焦虑的性行为。在法庭上，“性爱游戏过了头”的辩护有所增加，也就是所谓的“《五十度灰》[②] 辩护”。

这一特殊辩护的增加，令人相当震惊，而所谓的性生活中的残暴行为也令人十分不安。2016 年，二十六岁的纳塔莉·康诺利之死引起了极大的关注，因为她是遭受了严重的伤害才导致死亡的，其中包括眼眶骨折，而据她的伴侣所言，这是性爱游戏造成的。他被判过失杀人罪，处以三年八个月的有期徒刑。2018 年，英国游客格蕾丝·米兰在新西兰的死亡也受到了广泛的关切，凶手称她是在双方你情我愿的性过程中窒息死去的。他被判犯有谋杀罪，处以十七年的有期徒刑。

在看到频频出现声称受害者是死于两相情愿的危险性爱游戏之

---

① 由于香草味是冰激凌中最为基础的一个口味，被引申为“平凡的”“寡淡的”。

② 《五十度灰》(*Fifty Shades*)，英国作家 E. L. 詹姆斯（E. L. James）所创作的情色小说，涉及虐恋。

后，总部设在英国的“我们不能同意这么做”（We Can’t Consent to This）组织发起了一项运动。最常见的辩护理由是，女性享受在性爱中被勒的感觉，通常会被勒至昏迷。我第一次看到这种辩护被广泛报道是在格雷厄姆・库茨被控谋杀音乐教师简・朗赫斯特的审判中。杀害她的凶手并非亲密伴侣，他指称她喜欢被勒，并且她的死亡事出意外。他还收藏了大量性窒息的色情作品，而她并没有。病理学家说，库茨在简去世前三分钟左右，应当意识到她需要医疗急救了。通过即将出台的《家庭暴力法案》，英国削弱了以“粗暴性行为”为理由的辩护。法案于 2020 年 6 月宣布，在性行为中发生严重伤害或死亡的情况下，任何人都不能使用“当事人同意”作为理由，因此也没有人能减轻指控或避免调查。

勒杀是最常见的威胁生命的暴力行为，在性虐待和非性虐待的情形中皆可见。性窒息侵犯和凶杀之间也有很强的关联。任何限制呼吸或者让人感到生命面临危险的行为都是一种非常有效的操纵方法，并能让人了解那些操纵者打算做些什么。我说存在这种关联，并不是因为有时候性窒息会不小心害死人，远非如此；关联之所以存在，是因为把性窒息作为操纵策略的人，更有可能故意杀害他们的伴侣。

在美国的某些州，勒杀被视为一种单独的罪行；在多数州，它必须被指控为重罪（公诉罪行）而不是轻罪（即决罪行[①]）。这是因为它与故意杀害有关。研究还发现，在所有年龄段中，它都与日后的中风以及创伤后应激障碍有关。

决不应当笼统地假设，任何遭受控制的人都会同意那些可能致命的做法，或者对性窒息的迷恋在女性中十分普遍。有报道指出，女性，尤其是年轻女性，越来越多地受到伴侣的逼迫而遭遇性窒息。大

① 即决罪行（summary offence），英美法系民事诉讼中指法官可以不经开庭审理而直接判决的罪行。

多数人说她们害怕这个，觉得它令人痛苦，而不是性高潮。这种做法也与慢性病有危险的关联，即使在年轻女性中也是如此。长期以来，自慰式性窒息（为达到性高潮而限制自己的呼吸）都与男性联系在一起。为了性高潮去勒别人与勒自己之间是有很大区别的。那些沉迷于观看别人挣扎呼吸的人，与那些陶醉于自己缺氧的人相比，是基于不同的刺激而感到性高潮的。有越来越多的男性操纵者声称是他们的伴侣要求进行性窒息，但调研并不支持性窒息是一种普遍存在的女性癖好这一观点。我曾经和“反对家庭暴力”（SUTDA①）组织一起就非致命的性窒息发起一项调查，发现在超过90％的案例中并无一人同意，而实际上它被用作恐吓和伤害的手段。假设——尤其是在有证据表明存在情感操纵、跟踪骚扰和家庭暴力的情况下——应当是女性或男性不会要求他们的施暴者来实施性窒息，他们不曾同意过。

事实上，只要存在有记录的或者有目击者的家庭暴力或情感操纵的地方，我们都绝不应该认为受害者只是做出了不可理喻的决定。

所谓的用以维持操纵的“色情报复”的出现是另一种形式的性暴力。有一种情形正愈演愈盛——格外明显，虽然并非总是如此——一些伴侣操纵或向他们的女性或男性伴侣施压，分享私密视频或照片。影像可能是受害者自愿给的，但日后被用来操纵、惩罚、恐吓和困住他们；照片或视频也有可能是未经他们同意甚至是他们不知情的情况下拍摄的。一旦关系终结或者操纵出现问题时，这些影像就会大有用处。无论如何，尽管有许多罪行从未被揭发过，但对这一类型罪行的起诉和举报还是越来越多了，而且对受到这种威胁的人也有了更多的支持和建议，比如，来自“色情报复救助热线”（the Revenge Porn Helpline）的帮助。

这就是为何探讨必须改变的原因：我们应该对类似的说辞更加怀

① SUTDA，Stand Up To Domestic Abuse 的缩略，意为“反对家庭暴力”。

疑，并且承认一个事情，情感操纵的历史意味着在这段关系中完全没有自由选择和同意，而且还会出现暴力、操纵，有时甚至是残忍的行为。

*

总之，第三阶段就是要确保伴侣是顺从的，并且被困在这段关系中。所有的受害者都是不同的，也以各种各样的方式受到操纵。

比如，有学习障碍或者身体残疾的受害者会面临一些不同的挑战，年纪大的受害者也是如此；男性与女性受害者也会面临不一样的挑战，如同年轻人和性少数群体那般。操纵并非以某种特定的方式进行的：受害者和他们有操纵欲的伴侣都是形形色色并且迥然相异的。我们能够认识到的是各种模式，通过运用不同的手段来达到同样的目的，像是嫉妒法则、忠诚法则以及刻板规矩。因此，我们不应当只是指望看到瘀伤和骨折；如果我们这么做了，我们就会只关注卡尔们，而完全忽略了文森特们和西蒙娜们，而他们潜在的危险是不相上下的。

第三阶段可以持续终身。如果操纵未曾受到挑战，或者挑战被轻而易举地克服并击败了，那么双方或许会一直维持这段关系，直至死亡。我看到过第三阶段持续了三周的案例，也看到过长达五十四年的。第三阶段的长短取决于第四阶段的出现，以及随之而来的结果。

4

第四阶段：触发

当汤姆·琼斯唱到“德莉拉被杀害”时[①]，我们都跟着唱了起来。我们庆祝激情犯罪，一个男人杀了他的女人，因为她在嘹亮而富有感染力的合唱中欺骗了他；歌词透露了对女性的占有，而她的被害是对不忠的复仇。整个“激情犯罪”的叙述就在这短短几句歌词里。

甚至还有一个词叫“戴绿帽子”，用来形容一个男人的妻子在性事上欺骗了他，由于这欺骗，男性仿佛被阉割了。《德莉拉》是被阉割的戴了绿帽子的赞歌。但深入研究这两个词以及这两个词甚至会存在的事实，就会发现占有、操纵以及权力对“男子气概”(masculinity)的重要性。（请注意，“男子气概”和“男人”是不一样的：男子气概是我们强加给男人的一种行为模式，有一些女性也采用了这一模式。表现“男子气概”有不同的方式，但肯定有一种主导的模式受到青睐并且备受推崇。）几乎没有针对男性的强烈侮辱，有意思的是，“被阉割的戴了绿帽子的”就是最猛烈的一种，死死地铆住了对占有或地位的失控。

如同这首歌和它所称颂的激情犯罪的童话听起来像是老生常谈一样，德莉拉和她的男友只是角色而已，并不比灰姑娘和白马王子更现实。他们是亲密伴侣凶杀案表演中主要角色的理想化版本。他是被阉割的戴了绿帽子的人，被逼迫去夺回他的地位；而她不忠，是漠视、取笑他的男子气概的无形杀手。他们具有很强的象征性。

然而，在现实中，触发凶杀的很少是偶然的私通。

第四阶段是触发阶段：它是一个正在发生的事件，意味着某事已经改变或者对操纵者来说正在变动。这说明他们可能正失去某种他们想要的或他们认为理所应得的东西。对一些人来说，任何他们想要的东西都是他们有权得到的，但是社会对一些人认为他们理所应得的东西设定了规则。有权得到就像是一种权利——你可以合法地为你的权利而战。失去你的权利，或者不战而弃，多半意味着你的地位的丧失。

以特权来衡量的地位对某些人来说十分重要，这是他们做一切事情的基础。他们可能会谋求地位的增长，他们可能会对此沾沾自喜，他们可能会通过他们眼中地位所隐含的权利来权衡他们认为自己应得的东西。这些不仅仅是基本的人的权利；它们还可能是文化的、宗教的、历史的或者其他认可的权利。

文森特认为他清楚自己在这个世界上的位置和地位。当唐娜说她想要分手的时候，他感到她正在剥夺他理应拥有的那些不足挂齿的权利。

对伴侣的操纵或占有很有可能被视为一种权力，而操纵也是衡量这一权力是否完整的尺度。一旦对伴侣的操纵在减弱，一旦事情开始发生变化，整个纸牌屋就可能要倒塌。

分手

虽然分手是迄今为止最为常见的导火索，但任何变动都可能与潜

---

① 《德莉拉》是英国歌手汤姆·琼斯于 1967 年 12 月发行的一张专辑，同名主打歌曲《德莉拉》由巴里·梅森作词、莱斯·里德作曲。这首歌讲述了一个男子在窗外看着他的女友和另一名男子待了整晚，他去质问女友时受到了嘲笑，愤而杀人的故事。

在的分手以及失去对伴侣的操纵有关，比如财务危机、破产、退休、裁员或疾病的威胁。操纵欲强的人很少喜欢强加在他们身上的变动，他们乐于维持现状。

举例来说，一个逐渐痴呆的受害者，恐怕无法像过去那样对操纵做出回应：他们的伴侣可能不愿意顾及他们的需求，同时有可能对护理专业人员的介入感到不满，而后者将不可避免地影响决策。他们的伴侣也可能会为自己没有成为另一半关注的焦点而心生怨恨。绝不应当假设杀害生病的伴侣是一种“悲悯”的谋杀，如果曾经有过情感操纵的历史，就不该如此。如果是操纵者罹患疾病，他们可能会丧失他们实施操纵的能力，这对他们来说同样是不可忍受的。

引爆点或者说触发点不只是嫉妒。当伴侣离开的时候，女性很少会杀害男性。她们更有可能是出于自卫，或者担心自己和孩子受到伤害而杀人；比起杀害伴侣，她们更有可能自杀。这是因为女性不会吃醋吗？我们很清楚这不是真的；我们也都知道，在文化脚本中，女性应当忍受不忠和外遇，一般而言她们也应当容忍被操纵，采取不那么主动的姿态。女性维持与男性同等地位的压力较小。

有些女性，比如西蒙娜，当她们的地位、控制权和自我意识受到威胁时，会表现得与男性极其相似。事实上，男性比女性更经常地诉诸杀戮，这其中有非常复杂的原因，包括生物学、心理学和文化方面的影响。我确实认为有一个共同点是，女性通常不会被教导她们对男性有所有权——恰恰相反：她们更多地被教导她们为男性所拥有。

比如，文森特知道唐娜计划离开他。她把这打算跟他说了。文森特内心恐怕五味杂陈。他担心他所熟悉的生活会发生太多的变化；他觉得唐娜没有权利离开他；他感到在他的生活里又一次地遭受了不公正；他多半觉得他被羞辱了。

当邦妮不愿意撤回她对卡尔的性侵犯所做的起诉时，他十分恼火。他无法终止起诉，也无法阻止她脱离他的控制范围。他很沮丧。

通过杀死她，他惩罚了她，并且在某种程度上恢复了地位。在他看来，他还颇有成效地制止了她，不再让她对他行使更多的权利。他终止了起诉。

当西蒙娜感到自己受到亨利公司同事的不公正对待，而他没有和她同心协力的时候，她也很是愤慨。她觉得他应当和她站在一起，认识到她所遭遇的无端指责。她还偏执地认为，这是他打算离开她的信号。这是她所无法容忍的。

我在采访另一个名叫德温的凶手时，偶然发现了操纵者应对触发的另一个层面的方式。德温正在服刑，他因杀害女友而被判终身监禁。生命中有些时刻会改变游戏规则。它们是闪现的灵光，有能力影响或者改变你对某事的思考方式。对我来说，就在我和德温在一所 A 级监狱[①]的小小会见室聊天的时候，这样的时刻降临了。他无意中向我透露，针对伴侣的暴力行为，在他看来什么是可行的，什么又是不可行的，以及那又如何与触发有所关联。

德温

我到的时候，德温已经坐在那间会见室里了。那是最小的一间，太小了，我紧挨着坐在对面的年轻人，背倚着墙，感到很不舒服。他微笑着向我致意，彬彬有礼。他只有二十多岁，身上有一种脆弱的气质，与他那骇人听闻的暴行犯罪记录并不相配。当我们回顾他的生活时，我意识到这种脆弱可能是相当真实的。暴力和漠视毁了他的生活，并且逐渐变成了挥之不去的顽固而无情的阴影，起初偶尔降临，随后无法摆脱。

德温的口音意味着我必须很仔细地听。他有一口抑扬顿挫的苏格

① A 级监狱（category-A prison），关押对公众、警察或国家安全构成高度威胁的囚犯的监狱，通常戒备森严。

兰拖腔，还掺杂了大量的方言。他向后靠在椅子上，以一种非常随意且男子气概的方式把椅子靠得往后支在后面两条椅腿上，尽可能地占据了所有空间。他似乎想给我留下一个印象，那就是他是一个高大、有力的人，自信并且满不在乎。我还觉得他几乎是不顾一切地要给人留下这样的印象。与文森特不同的是，德温并不愿意看起来像一个受害者，但他确实想让我知道他生活中的事，那些事情透露了他是一个受害者。

“我爸是个混蛋，”他说道，“他说了算，但我一点都不喜欢。我妈走了之后，情况更糟了。我本来想和她一起走的，但我做不到，他不明白。”

德温的父亲是一个残暴的人。几乎没有必要对这个说法做进一步的阐述了。残暴的人在他们的身边制造了一个痛苦的世界，并且这种痛苦会延续下去。对德温来说，这种痛苦构造了他与世界的关系，他的妻子和孩子也深受其害。连锁反应以他妻子的死亡而告终，却不见得会以他自己的监禁而结束。他的孩子们，如今无父无母，正是他暴行的受害者，如同他是他父亲的受害者一样。他们正在痛苦中煎熬，如是周而复始。施暴者留下的破坏性遗产是一个社会事实。

德温决意要成为那个做出选择的人，他要做施暴者，而不是受害者。他未能免俗：把世界分为赢家和输家。他的内心可能更像一个失败者，但希望世人看到一个胜利者。“我拿着刀和父亲干了一架。我大概只有十三或者十四岁，”他对我说道，“真的是糟透了，但我也受够了。他把我赶了出去。我无处可去，大多数夜晚我都睡在格拉斯哥大街上，或者睡在一个朋友的家里。”

说这件事情的时候，德温面带微笑，就好像他很为自己用上刀而感到骄傲，好像这赋予了他地位。即便如此，我觉得他不只是在吹嘘，感觉更像是他很坚决地让我别把他看成一个弱鸡。德温所做的一切，从他坐在椅子上的样子，到他讲故事的方式，都是为了显示他有多么“硬气”。我相信他是一个习惯于暴力并且乐于使用暴力的人。我还认为他是一个在社会边缘生活的人。但我不相信他会自以为“硬气”，不是在监狱里。然而，我相信这一点对他来说十分重要。

我告诉你这些事情，不是试图引起对德温的同情，而是想要表明他觉得自己需要控制权，可能植根于缺乏安全感以及对受害或者被遗弃的恐惧。我并不是说所有的操纵问题都源于缺乏安全感，但大多数操纵问题都有其缘由。

我们经常忽视的一个重要而隐匿的缘由是社会化。在许多方面，男孩被社会教化，相信也期待自己有权掌控他们的家庭：这是天经地义的，这是生物的适应指令（biological imperative）。这既是一种期望，也是一种压力。男性可能会不择手段地来实施操纵，感觉自己完全有理由来捍卫这一绝对的权力。失去这种控制，或者权利被篡夺，感觉就像是羞辱、懦弱和失败。我颇有兴味地读到，大多数权力的显摆，大多数男人之间为了鸡毛蒜皮的小事所发生的争执，大多数怒火的发作，都是为了其他男人的利益，而不是女人。维持地位的压力也是巨大的。

当然，所有这些事情似乎都集中在德温的生活中，他的妻子是所有可能打击到他自尊和大男子权力的焦点。整个事情演变成了家庭暴力和情感操纵。

德温非常害怕妻子可能会离开他。他常常在晚上把她锁在家里，确保她在他睡觉的时候没法逃跑。暴力是他非常熟悉的一套话语，他把它用出了使人无能为力的效果。他不仅身体力行地把意志强加给她，用尽了一切能用的手段来征服她。其中最有效的一种，甚至比身体暴力更有效的是强迫怀孕。德温让她一直怀孕，每个孩子都让她跟他绑得更紧。

在怀孕期间，情感操纵和家庭暴力会变得更加明显。有人说，情感操纵就是从这时开始的；但同样有可能的是，怀孕是一个引爆点或者一次触发，使得情感操纵变本加厉，也使它们更加显而易见。当一个女人怀孕的时候，她的优先顺序会发生变化，医护人员和家庭会变得更有影响力，也更令人有兴趣。对操纵欲强的人来说，这是一种实实在在的压力，因此他们的操纵策略会升格，原本一直就存在的问题会变得更加明显和严重。

相比之下，像德温这样把怀孕和养育孩子视作困住和操纵伴侣手段的人，会让她们不断地怀孕。孕妇不仅身体脆弱，在经济和情感上也格外依赖他人。德温的女友去世时只有二十四岁，有四个孩子。她不顾一切地想要离开德温：她再也不能忍受怀孕了；她再也不能忍受他的操纵和暴力。她是一个非常年轻的女人，担负了许多的责任，她的生活中有许多恐惧和焦虑。

警方有德温对她实施暴力的记录。有很多次，她以及其他人都因为这件事情报了警。关于这个，我询问了他。

"我从来没有对她动过手。"他对我说道。

"但是警方告诉我，他们多次到你家出警，因为你正在揍她。"

"这不是家庭暴力，"他回答道，"我们俩有意这么做的。要是他们认定她是受害者，好比我揍了她，他们就得给她重新找个房子，我们需要一个新的公寓。这从来不是家庭暴力。这不是真的，是我们一起计划的。"

"你是说，"我问他道，"你从来没有对她动过手吗？"

"从来没有，"他回答道，"我们有意这么做的，我告诉你了。我必须被逮捕，这事儿才能看起来是真的。"他目不转睛地看着我，他真的想让我相信这一点。

"你是说，她对你做的每一项指控都是计划的一部分，想要改善你们的住房或者获得福利？"

"说得对。这从来不是家庭暴力。从来不是。你知道的，这是我们一起打算好了的。"

德温给我的解释是，每一项关于暴力的指控或定罪都是他们编造出来的东西，为了拿到福利、获得住房或者其他什么谋划。他矢口否认他曾经殴打、操纵以及恐吓过她。

我们知道德温实际上恐吓过她，因为她向社工、助产士以及任何愿意倾听的人吐露了和他在一起的生活有多么可怕。其他人也目睹了这一切。她下定决心要摆脱他，再也不和他生孩子了。

德温突然卷起运动衫的袖子，露出一块很大的文身，看起来相当粗犷，是新近的。他说他是在监狱里做的。他没有明确地告诉我为什么要给我看。这显然是在转移话题，是德温想聊一聊这个。他绝对不愿意讨论家庭暴力。

他再一次转移了话题，开始跟我讲很多故事，讲他如何智谋过人地在格拉斯哥大街上讨生活。有些故事显然不是真的，但他似乎想要我知道，他在监狱那伙人里颇有地位，他可以坚持自己的立场，并且受到其他人的尊重。他言谈中流露，这地位对他来说十分重要，这也是他唯一想谈论的话题。就像文森特只想说他是受害者，西蒙娜只想谈那些琐碎的争执一样，德温也透露了他本来的面目。

然后，悄无声息地，那个改变游戏规则的时刻来临了……

越过了界线

“这儿有个家伙，”德温继续说道，“下作的混蛋。要是他撞到我手里，我会杀了他。他打老婆。他老是揍她，你知道，没必要的。后来他就把她打死了。那个家伙，他越过了界线。”

这个看法让我震惊万分。他一本正经地说，这个又踢又打、弄死了妻子的人“越过了界线”。我不得不怀疑这一界线到底是什么，因为德温是在众目睽睽之下刺死了自己的女友。他使用的是专门为此购买的刀。但在他的头脑里，他并没有越过天知道他指的是什么的那条界线。

这句话在那之后的几个礼拜、几个月里一直让我念念不忘。如果德温认为他并没有越过那条不成文的界线，那么这条界线是存在的。在他的世界里的某个地方，有人已经画了一条线，这条线为施暴者的行为法则设定了标准。似乎没有越过这条界线，就让他觉得他的所作所为以及如此行事的理由都正当了。他比另外那个人有道德优越感。从确有一条线存在以及德温认为——或者他希望别人认为——他没有越过界线的角度出发，我思考了他对我说的几件事。

首先，德温不承认有家庭暴力。他声称，他和女友串通好了，让他看起来像一个施暴者。他并没有与使用暴力划清界限，但他给那些认为他殴打或恐吓了女友的人画了一根线。因此，在某种程度上，德温似乎是共情了，或者至少是意识到了社会的伦理标准。他知道他的所作所为是不对的。

其次，他把一般暴力和杀人暴力区分开来。德温杀人是有理由的：他感觉自己是正当的，这就没什么了。对他而言，谋杀是一种足够显示男子气概的行为，他能认可。但是打一个女人，那是懦夫干的事情。然而，他确实揍了女友，隔三岔五地揍。他不仅仅是在尽量减轻对暴力行为的司法回应（judicial response），它要更复杂。同辈的尊敬对他很重要。他把尊敬与权利和安全联系起来。在某种程度上，他认为同龄人不会尊重家庭暴力，但是会给家庭凶杀以敬意。他不是一个打老婆的人，而是一个杀老婆的人。

我得让自己弄明白这一切，才能理解我听到的事情。我发现那个不起眼的看法比我一开始认为的还要可怕。德温刺死女友的时候，他感到理直气壮。他觉得会得到支持和尊重，同辈、法庭、社会，莫不如此。从某方面来说，文森特与此相似，他认为自己会找到同盟，得到法庭和那些认识他的人的支持。

德温和文森特、卡尔和西蒙娜一样，在整个会面过程中都没有提及已故伴侣的名字。他一点都没有提起她在短暂的一生中所遭受的苦难。他从未表达过任何悔恨——尽管我怀疑在他的潜台词中，在他关于暴力的谎言中，隐含了羞愧之意。但这种愧意并不存在于他对她的杀害中。暴力，不管以何面目出现，都是为了维持操纵。凶杀的暴力是为了表达合情合理的愤慨，并施以最终的操纵。

犯罪学家格雷沙姆·赛克斯（Gresham Sykes）和大卫·马茨阿（David Matza）提出了一种理论①，认为罪犯与社会中的其他人有着相同的道德和伦理法则，当他们违反社会规则的时候，他们能够为自己的所作所为开脱和辩解。赛克斯和马茨阿把这些托词称为中和技术（techniques of neutralization）。从广义上说，这些技术为不法行为提供了正当的理由，允许人们继续他们的犯罪活动，尽量避免伤害自我和认同的意识，并减轻批评。这意味着他们否认他们伤害了别人，或者他们声称自己比受害者遭到更大的不公，从而推卸责任。他们喜欢把自己与那些谴责他们做错事的人相比较，并且忠诚于他们与同龄人分享的行为准则。

通过与德温、西蒙娜、文森特和卡尔的交谈，我发现他们都是这么干的。在某种程度上，他们全都把现在的自己归咎于他们的过去，这就免去了一部分的责任；他们全都指责受害者激怒了他们，这让受害者也承担了他们的责任。

这是我觉得德温有关越界的言论非常重要的原因之一。他告诉我，在他的世界里，有一条界线、一个道德准则。在他的世界里，有这样一种理解：如果你有一个正当的理由，可以杀死女友。

那么，德温的这个道德准则存在的世界是什么样子的呢？杀手的世界？不可能是这样的，因为在杀害女友之前，他并不属于那个群

---

① 指“中和技术理论”（techniques of neutralization theory），由赛克斯和马茨阿于1957年合作提出。该理论认为大多数罪犯都有正确的价值观念，能通过一定的技术方法来实现自我合理化。一般包括五种“中和技术”：1. 否认责任；2. 否认伤害；3. 否认受害者；4. 谴责那些谴责他们的人；5. 诉诸小群体内的忠诚。

体。它会是街头罪犯的世界吗？这也不是真的，因为任何社会经济阶层的人都会谋杀他们的女友，并且号称有类似的理由。它会是家庭暴力的世界吗？较有可能，但他不承认是这个世界的一员。会是男人的世界吗？这种可能性更大，因为主要是男性犯下了这些谋杀罪行；然而，并不是只有男人才相信这些理由。那么，德温的世界很有可能就是我们全都栖居于其中的这个世界。在这个世界，我们习惯了妻子和女友是被所谓的激情犯罪所杀害的；在这个世界里，她们，那些死者，对自己被杀负有责任；在这个世界里，谋杀可以是理所当然的。德温就生活在这个世界里，和文森特、卡尔、西蒙娜以及我们这些人一起。

下一个阶段，即第五阶段，是关于一个操纵欲很强的人面对一次触发时会发生什么，以及他们如何想方设法夺回控制权。

5

第五阶段：升级

我是在担任“防止跟踪骚扰”慈善组织的受托人时认识米莎的家人的，如今我是该机构的赞助人。米莎被她的前任伴侣杀害了。

当时我正在和“防止跟踪骚扰”的创始人特里西娅·伯纳尔、艾利克斯·卓克和理查德·格拉汉姆两位国会议员以及苏济·兰普卢信托基金一起开展一项运动，旨在提高对最危险的跟踪骚扰者的最高刑罚。人们对这场运动非常感兴趣，我在下议院提交了一份关于跟踪骚扰和凶杀之关联的报告。我们取得了成功，并通过了立法，对那些极为危险的跟踪骚扰者的刑罚增加了一倍，从五年增加到十年。

实际上，是刑事法庭的一位法官提议发起运动的。这位法官只能判处一个无休止地跟踪骚扰女性及其家人的男子五年监禁，他对此感到极度的挫败。他认为需要更为严厉的判决，他在宣判时谈到了这一点。这起案件的受害者是一名全科医生，她发起了这一运动。她住在我家附近，我可以花一点时间和她待在一起，讨论跟踪骚扰造成的影响。跟踪者并不是前任伴侣，而是一个病人。跟踪骚扰持续了将近十年，对她和她家庭的影响是一生的。如今骚扰已经结束了，但只是由于受害者采取了激烈的行动以及对跟踪者的监禁。这场运动成功地使可判的最高刑期增加了一倍，这一事实表明人们对这些模式的认识有所增长，并且得到了司法系统的认可。现在，人们对跟踪骚扰越发重视了。

米莎的家人一直在和我讨论她被杀害的事情，这是我在这场运动中提交的报告的一部分。对于保罗，那个杀害了米莎的男人，他们告诉了我一些颇为耐人寻味的事情，尤其是他在米莎结束关系之后的表现。保罗试图说服米莎留下来和他在一起，改变她对分手的想法。他可能前一分钟还很讨人喜欢、体贴温柔，转瞬之间就变得怒气冲冲、粗暴无礼。然后他会尝试哭泣、乞求，接着再次怒气冲冲，最后威胁要自杀。他在她的车旁留下鲜花，打电话给她软磨硬缠，他跟踪她，以相当于威吓的方式告诉她一定会后悔自己的决定。这是一场策略各异的过山车。这些策略构成了跟踪骚扰的模式。

米莎的母亲告诉我，保罗在分手后做了一件令她觉得很不舒服的事情，尽管它本身并没有威胁性。有一天晚上，他不请自来地到了她的家里，说想要谈一谈米莎——不是和米莎谈，而是谈有关她的事。尽管母亲觉得很奇怪，也觉得有点别扭，她还是请他进门了，真的不知道还能做些什么。结果她大吃一惊：保罗在接下来的一个小时里播放了事先准备好的 PPT，提纲挈领地陈述了米莎不应当离开他的所有理由，以及为什么她的家人应当支持他，让米莎恢复理智。

从任何角度来看，这都是一件匪夷所思的事情，它让我们对保罗有了一些了解。他提出了一个自认为完全合情合理的案例，好让米莎的母亲也参与到他的操纵之网里。令人惊讶的是，他觉得一旦看过了他的案例分析，她就会照办。这不是一个请求。他不是在央求她的帮助，他是在列举论据，指出为何她应当开导她的女儿。他做了一个假设，米莎的母亲必然或者可能会被说服，她会和他站在一起。保罗没有意识到他的行为有多么怪异，只看到自己是多么正确和合理。

虽然使用 PPT 这一方法相当不寻常，但是操纵者试图拉拢其他人来帮助他们重新获得操纵权并不罕见。我在许多案例中见到过这种情况。有时候，朋友会在不知不觉中被利用；有时候，家人会被试探着介入调停。这种网络可以形成一张操纵之网，不仅更加紧密地困住受害者，而且可以坐实操纵一方有权如此行事。

当变化发生时——比如，分手——抗拒这种变化可能是自然而然的，但像保罗、文森特或者卡尔这样的人，会对那些试图恢复原状的情感采取异常激烈的行动。在这个阶段，各种手段无所不用其极，重要的是要认清这些手段的本质。乞求或哭泣会有效到不可思议，威胁和侮辱会让人担惊受怕。自杀的威胁十分普遍，而且比它们表面上更加危险，它们应当一直被当作令人担心的。在这个阶段，如果有人再三考虑自己的死亡，此时他们可能已经对境况有了一个极端终极的看法，而这可能是非常危险的。我始终建议，在这个阶段的自杀威胁应当被解读为杀人的威胁。

复杂性贯穿了所有这些情况，事情不会以一种方式发生。它们如何展开取决于复杂的个人环境和性格。

我们回想萨达在日记中所说的：当她告诉罗恩她要离开时，他向她求了婚，对他来说这是一种升级阶段的策略，并且它奏效了。文森特用尽了一切办法：乞求、买花、威胁要自杀，还威胁要伤害唐娜，但她并没有松口。唐娜很清楚她想要离开。在那些分手已经实际发生的案例中，跟踪极有可能会开始。这就是发生在米莎身上的事情。

跟踪骚扰

让很多人感到震惊的是，最普遍、最危险的一类跟踪者是前任伴侣。情人赠送的鲜花和跟踪者送的花是很不一样的，当送花的人两者兼而有之的时候，事情就变得错综复杂了。

跟踪骚扰是一种复杂的模式，并没有严格的法律定义。英国的定义，尽管不尽如人意，但它给出了一份不完全的可能行为的清单；它还指出，受害者必然对这些模式感到惊恐或痛苦。这在某些案例中确实会造成问题，因为跟踪往往是偷偷摸摸的。有时候，受害者并不知道他们被跟踪了，这给司法系统留下了一个难题。通过跟踪者的意图或者动机或许能比借助对受害者造成的影响更好地定义跟踪骚扰。有一个不错的例子是，2020 年威尔士的一名牙医被他的前病人跟踪。牙医并不知道他被跟踪了，但根据警方发现的证据，这名跟踪者有杀害他的意图。他的汽车里有写着他计划的笔记，还有法官所说的“谋杀装备”。有一位普通的民众看到他在汽车里戴着巴拉克拉法帽①，于是警觉地向警方报了案。由于受害者并不知晓，因此也没有产生恐惧，所以不能以最严重的跟踪骚扰罪来起诉他，而这正是我们为之发起一场运动并增加了量刑的罪行。无论受害者是否知晓，他们面临的危险都是一样的。

跟踪骚扰包括尾随、监视、追踪、监听、打电话、发短信等，所有这些都可以通过亲身上阵或者电子手段来实现，多数情况下是两者兼而有之。许多操纵欲强的人会在关系持续期间监控或追踪他们的伴侣，而不仅仅是在结束之后。然而，英国的立法不承认在一段完整的关系中存在跟踪骚扰，因此尽管这些追踪和监控行为十分普遍，但只有等到一段关系结束后，它们才被法律认可为跟踪骚扰。

受害者的手机、社交媒体和网络动态都可能会被追踪；他们可能会把密码交给他们的伴侣，这通常是嫉妒法则的一部分；有时候，GPS 跟踪软件会被安置在受害者的手机、汽车里，甚至是孩子们的书包里。跟踪是一种手段，用以收集情报，远程施加操纵或者恐吓。它也是一种方法，可以追踪这种关系或者操纵是否受到了哪怕一丁点的挑战。跟踪骚扰是一种令人担忧的行为，在各种案例中

① 巴拉克拉法帽（balaclava），源于克里米亚的巴拉克拉法地区的一种帽子。这种帽子几乎完全遮住脸部，只露出眼鼻，用以抵挡当地严寒的天气。由于它有助于隐藏身份，后为特种部队、犯罪分子等使用。

都出现了固着[①]与偏执的模式。英国警察学院有一个有用的记忆口诀——四词（FOUR）记忆法——用来识别跟踪骚扰：

F——固着（Fixated）

O——偏执（Obsessive）

U——强加（Unwanted）

R——重复（Repeated）

跟踪模式识别得越早越有益。它们越早受到干扰或者挑战，被制止的机会就越大。我发现有许多受害者，尤其是处于早期阶段的，可能会在事后明了他们自己的直觉。有时候，事情就是有点儿不对劲，无法解释，但人们感到担心的话，通常都有一个原因在那里。

本能并不是一种深奥莫测的感觉。很多时候，它是从以前的经验和学习中积累起来的知识，有时候是下意识的。如果有人认为某些事情不对劲，往往是因为他们看到的或经历的事情与从前的经验有关联，或者只是让他们产生了疑虑。听从我们的直觉是一件好事情。

一天早上，我步行送孩子们去学校，这时直觉让我变得更善于观察。我有三个孩子，所以上学路上总是鸡飞狗跳，而这个早晨也没有什么不同。学校位于一条相当繁忙但是狭窄的路上，到处都是孩子和家长，人行道上满满当当，人们三三两两地走到马路上。我没有主动去寻找任何非同寻常的事物，但这会儿对那些古怪的行为保持了敏锐的感知力，无论是在什么环境中，我都很注意察觉它们。

在前方，正对着我，可以看到一辆停着的车子，里面一个男人坐在驾驶座上。车子周围都是父母和孩子，没有人注意到他。他一动不

---

① 固着（fixation），由弗洛伊德提出，指心理未完全成熟，停滞于某一性心理发展水平的一种心理防御机制。

动，身板笔直，眼望前方。这正是引起我注意的地方。为什么会有人坐在这么一个周围乱哄哄的地方，还板板正正、纹丝不动的？我本以为他会把车开走，或者在电话里聊天，或者在包里找东西，或正打算下车。这些事他都没有做。他会是睡着了吗？或许他已经死了？尽管所有这些思绪在脑海里闪过，在走近他的车之前，我就知道这是什么情况了。我知道，是因为我以前见过。我继续走着，此时已经听不到孩子们的喋喋不休了，注意力都集中在他身上。我希望能像其他父母那样从车旁走过。我不想让他看到我已经注意到了他，也不想吓到任何孩子。我记下了他的车牌号。当走到车旁时，我斜过眼看了车窗里面，尽可能地收集所有的细节。等孩子安全地上学后，我一定会报警的。

我是对的。透过窗户，我可以看到他正在自慰。没发出声音，但是厚颜无耻。没有其他人注意到，每个人都匆匆忙忙地奔着自己的事情，他没有引起任何怀疑。但直觉告诉我，他的身体语言完全有悖于周围环境。警察当场逮捕了他。他们还在他的电脑上发现了与儿童有关的非法影像。

人们往往会劝你不要相信自己的直觉，我不知道这有什么好处。我总是相信我的直觉。经常有人对我说，我到哪儿都能看出暴力和风险，在某种程度上，我或许有点疑神疑鬼了，因此我的直觉不能相信。然而，我很清楚我的直觉是事出有因的。有太多次，我听到跟踪骚扰的受害者被描述为“偏执狂”或者“异想天开”，而家庭暴力的受害者则被说成是夸大其词或者博眼球的。我看到这些人被一次又一次地证明是错的。告诉人们忽略他们自己的本能，比起支持他们有理有据地考虑他们自身的安全，其中的风险要大得多了。

露比

我与露比见面，是因为她被跟踪骚扰了。她不知道该怎么办。她也不清楚是谁干的，但作为一名独自带着两个孩子生活的女人，她感到无可依靠。

跟踪骚扰对受害者的伤害是独一无二的。他们受到摆布，陷入高度警觉的状态；他们不知道下一次接触会在什么时候发生，也不知道这种接触会是什么。他们永远不能放松，这对他们身心两方面的健康都产生了灾难性的影响。

“能跟我说说，是什么让你第一次担心自己被跟踪了?”当我们坐下来喝咖啡聊天时，我对露比说道。

“我觉得是搬到新居之后不久开始的。我开始接到一些无声的电话。家里的电话铃会响，当我接起来时却又什么都没有，一片寂静，也没有沉重的呼吸声或者别的什么。”她笑了起来，但那是一种神经兮兮的笑，“我并没有理会。毕竟，这可能有很多原因。我并不想小题大做。”

“我猜，情况更糟糕了?”

“是的，情况更糟了。他开始说话。他说他在看着我；他说他知道我在哪里，我正在做什么。他说他知道我穿什么衣服，然后有一次他跟我说了我穿的是什么，并且他是对的。我给吓坏了。”

“你知道会是谁吗?”我问道。

“我不知道，但我猜是某个认识我的人，因为他有我的电话号码。”

在大多数跟踪骚扰的案例中，受害者会认识跟踪者。最有可能的是前任亲密伴侣，但有时候会是同事或者熟人、病人或者学生，有时候甚至是一个陌生人。我想更多地了解露比的生活，试着去猜测这个人可能是谁。

“你和丈夫分手后独自生活了多久?”我问道。

“我和康纳是在六七个月前分居的。我们要离婚了。”

“是怎么分手的?”

“不算是和平分手，”她说道，“康纳和我，我们已经走到头了。

他出轨了，他不是一个好相处的人。这很平常。你知道的，他恐吓我。”

“现在怎么样了？”

“如今我觉得很幸福。我不需要和他聊太多，只谈孩子们的事就行了。我新结识了一个人，我从来没有这么幸福过，”她弯腰从大大的手提皮包里拿出一个钱包，“来，我给你看一张照片。”她打开钱包，给我看了一张黑色头发、面带微笑的男子的照片。“这是杰克。”她说道。

这张照片拍摄得相当专业，不是自拍，照片里的露比和杰克看起来轻松愉快。

在这短短的交谈中，她给了我相当多的信息：有一场艰难的离婚，现在又有了一个没有完全摆脱的前任；有一个新情人，这一定是新近才开始的，却是很密切的关系。露比还在离婚过程中，新的关系已经确立，并且密切到已经安排了一次专业的摄影。我觉得她被那个新来的男人搞得心神不定了。

“你和杰克约会多长时间了？”我问道。

“没多久，真的，大概两三个月吧。”

“你们是怎么认识的？”

“我们是同事，在一起工作了很长时间。”

“是认真的吗？”

“是的，我觉得是的。我们打算结婚，孩子们也觉得他很棒。他们爱他。”她微笑着说道。

“他住的地方离你远吗？我是说，他是本地人吗？”

“他就住在我新房子这边，非常近。我还和康纳在一起的时候，住在大约十英里远的地方，但这幢新房子对我们来说真的很方便。”

“那还不错。”我说道。

“我希望我们很快能搬到一起住，那样我会感觉更安全一些，但杰克必须处理好他的婚姻问题。他要离开他的妻子，所以我得低调一点儿。”

另一个复杂的问题进入了谈话。杰克结婚了。

“他仍然和妻子住在一起吗?”

“目前是的。婚姻结束了，就像我一样，真的。他只是需要选择时机，你懂的。我清楚这有多艰难，我自己才经历过。”

“你和杰克是怎么意识到你们想在一起的?”我问她道。

“这就是我们俩之间的某种机缘巧合。我们俩都很不快乐。康纳相当可怕，我需要离开，而杰克的妻子对他也极不好，所以我想我们有一些共同点。我们俩都是这么不幸福。但我们俩在一起的时候，真的很开心。”

露比的眼睛亮得发光。

“那么，你认为他什么时候会搬进来?”

“我不知道。我必须承认，我本以为到这会儿他应当已经搬了。为此我们吵了好几回了。有时候，我觉得他只是太害怕离开。但是现在没什么能阻止他了。”

“他的妻子知道你吗?”

“不知道，我们确实一直都非常低调。我也不想让康纳发现这件事，因为他真的很难相处。他相当嫉妒。最好是没有人知道，等到事情解决了再说。不过，如果没有杰克，我不知道该怎么办。这些电话真的让我崩溃。一般情况下，我可以打电话给杰克，他会过来检查花园、门锁，一切。这让我感到安心多了。”露比笑着说道。

“你报过警吗?”我问道。

“不，我没有。我觉得有点傻。只是几个电话而已。我不知道他们会不会认真对待。但我现在越来越担心了，杰克不可能一直来我这里。我担心万一哪个孩子接了电话。它让我无力自拔。”

“杰克对那些电话怎么说?”

“他说这可能没什么好担心的。这种事屡见不鲜，不是吗?”

“你得报告警方，并且追踪一下电话。”我说道。

“不过，你觉得我有危险吗?我有必要担心吗?”

“你早就在不安了,”我回答道，“这就有足够的理由去找出这是谁了。”

露比同意她会去报警。我强烈建议她不要把打算去警局的事情告诉任何人，一个都不要说，无论是杰克或康纳或她的其他朋友，都不要说。

*

几个星期之后，我又和露比见面了。她看起来很是闷闷不乐。她有了黑眼圈，并且抽起了香烟。

“我猜你有些消息了。”我说道。

“是的,”她回答道,“我知道是谁了，我真希望我不知道。”

“是谁呢?”我问道。

“是杰克。”

“我曾担心或许会是他,”我说道，“我觉得你也有过疑虑，不是吗?”

“我开始怀疑，是因为他似乎总是在打来电话后出现在那里；而他在身边的时候，电话从未响起过。”

“你和他谈过了吗?”

“哦，是的，我那时太生气了。我不得不冷静一点，但必须和他讲个明白。你知道他说了什么吗?他说他很担心会失去我，他太爱我了，所以只能尽力阻止我离开他。我曾经告诉他，我厌倦了等待他对妻子下定决心。他说他这么做是为了让我害怕，这样我就更需要他了。他说他知道，如果我接了一个无声的电话，就会给他打电话。他说他这么做只是因为太害怕失去我。”

有强烈的迹象表明杰克正在实施操纵，而跟踪骚扰几乎总是与操纵有关。对我来说，首先是这段关系开始的速度；但或许更重要的是，杰克想要在他不用做出承诺的情况下得到承诺，并且掌控露比的生活和家。我们反省了这一点。

“杰克帮我找了新房子，这样我就可以离开前夫；他答应进行共同抵押贷款，并且许诺一旦离婚手续完成就和我住在一起。但是当然了，要签署销售文件的时候，他没能拿到钱，因为他的妻子又在‘作’了，拒绝签署离婚协议。这可能是我最幸运的一次逃脱了：房子只登记了我的名字。”

她又点了一根香烟。

“回想起来，处处都是预兆。我记得有一天晚上，我说我不能去见他，而他可以和朋友们一起去酒吧。他疯了。他对我安排与别人见面大发雷霆，认为我是在‘把他打发去’酒吧，这样我就能找别的男人了。”露比深深地吸了一口烟，“这真的很荒唐。但第二天他解释说，这是因为他爱我。他说那不是他本来的样子，是他爱我的力量使他做出了这样的举动，”她摇了摇头，笑了起来，“我真不敢相信竟然对此动心了。”

露比沉默了一会儿，接着说道：“就是在这件事之后，那些电话出现了。我简直不敢相信我没有怀疑他。”

“那么，他的婚姻怎么样了呢？”我问道。

“嗯，我和他妻子见了面——她给我打了电话。她不傻，她知道有第三者。她说她需要知道我是谁，所以我同意与她见面。她告诉我，她也找到了另一位，她非常幸福，如果我想要杰克，我可以‘拥有’他。我太蠢了，我以为这会改变一切，即使有那些电话在先。我以为我们能和好如初。那天晚上我和他见了面，我说现在没有什么能阻止我们了，现在他的妻子已经找到了别人。这就像引爆了一颗手榴弹。他惊慌失措地冲了出去，我三天都没有他的消息。等终于联系上的时候，他说他要为了孩子和妻子待在一起，一切都显得其乐融融。

我终于意识到他不会离开他的妻子了，永远不会。”

这很耐人寻味：杰克决定继续操纵他的妻子，维持那段关系的完整不变，就好像他打算操纵露比，让这段关系也完整不变一样。这不完全是关于爱：这是关于操纵和占有。当他认为妻子有了别人时，就进入了完整的第五阶段升级响应，正如同他对露比所做的那样：当时他未能参与抵押贷款，于是认为她会离开。

“那现在怎么样了？”我问道，“他离开了吗？”

“他还在打电话来，但我不肯接他的电话了。有时候，他几个小时地坐在我房子外面。他翻了我的垃圾箱，甚至撬了我办公室的储物柜。最糟糕的是，当我需要更换前门的时候，正在费力忙乎，他就出现了，说会帮我。我知道不应该，但我让他帮忙了，我们还聊了天。然后，等到门一卸下，他就拒绝换上新的。他说这就能阻止我出去了！”

“所以他并不想离开他的妻子，但也不想离开你。”我说道。与其说这是一个提问，不如说是陈述事实。

“或许吧，”露比说道，“但是这一回我要离开他了。我向警方和公司都举报了他。我想现在该结束了，因为他可能会失去工作。”

*

跟踪骚扰和情感操纵是一组双生的行为，往往有一种情形出现就会有另一种伴生。如果跟踪骚扰被认为是对一个人的监视或者追踪，你可以看到对那些想要操纵别人的主导型的人来说，使用这一手段是多么普遍。跟踪成为你收集情报的一个方法。无论如何，它还能用来恐吓一个人，把你的意志强加在他们身上，并且操纵他们的日常活动。

如今，有大量的现代技术可以用来追踪和监视人们。我经常讲授跟踪骚扰的课程。有一天，作为一项练习，一个学生带来了一些这一类的物品，把它们堆放在我面前的工作台上。“这就是你要的东西，”

他说道，“每一样我只花了五英镑不到就买下了所有这些!”这里面有笔、手机、电源插头、记忆棒、车载电源插头以及其他类似东西。这些都是能记录声音和图像的监控设备，被伪装成了日常用品的样子。

我有时候会和跟踪骚扰游说组织“真相①”合作，这个组织有一项专业的网络跟踪服务：他们建议人们永远不要把他们的手机密码分享给任何人，即使是伴侣。有些人只需要短暂地访问你的手机就可以安装大量的隐藏软件，在你没有察觉的情况下把你所有的短信、电子邮件等发送到他们的手机上，追踪你的一举一动。

*

当吉娜和费格斯分手后，他开始尾随她，用他保存的钥匙闯到她的家里，给她喊出租车和披萨外卖，还破坏了她的车。她开始感到害怕。

这不仅仅是关于情报收集和追踪，而是关于恐惧和煤气灯效应。费格斯让吉娜知道有人进过她的家：他在那里的时候没有搞一丁点儿破坏，但会移动物品。他对她家里的东西做了非常细微但又很明显的改变，因此她会起疑到底发生了什么，甚至怀疑它们是否有变动。这是很令人崩溃的。吉娜的车被弄坏了，这让她感觉自己被盯上了，但直到她把所有这些事情放在一起看，意识到这些是相互关联的，才把它称为跟踪骚扰。有时候，给事物命名有助于了解正在发生的事情，因而知晓它形成的某些方式。

在卡尔、文森特和西蒙娜的案例中，可以很清晰地看到相关行为的升级。卡尔不出所料地将使用的暴力和威胁的言辞都变本加厉了。文森特在多种手段之间摇摆不定，试图夺回控制权。西蒙娜开始了长时间的监控和追踪，也升级了她的自杀威胁。

升级阶段很能说明问题，也会在许多其他可能以谋杀告终的情况

---

① 真相（Veritas），拉丁语。

下出现。我记得曾经为一个电视节目分析过托马斯·汉密尔顿的行为。1996 年 3 月，他在苏格兰邓布兰的一所学校里枪杀了十六名孩子和一位老师。汉密尔顿对自己在孩子面前的行为受到质疑感到怒不可遏。在走向谋杀之前的这段时期里，他的行为不断升级，其中有个特别的例子让我觉得十分重要：他开始给各种各样的人写投诉信，抱怨他认为受到的粗暴对待，而且越来越多地写给有权势和有地位的人；最后，他给女王写了一封信。

虽然并不总是有像这里的一些案例所展示的那么清晰的升级模式，但往往会有一种逐渐增强的操纵方式，恐吓或者强迫受害者回到“正轨”。即使不存在分手的情况，人们也常常心生怀疑，某一根导火索可能会导致分手。并不是所有到达升级阶段的操纵者都会有进一步的表现。在发展到第五阶段时，会发生三种情况中的一种。

第一种，关系可能会修复如初，一切都回到第三阶段。这意味着这对伴侣回归到他们的关系中，蒙上了情感操纵的阴影。他们或许会说他们一定会改变，但如果没有强有力的外部干预，这是不可能的。围绕着第三、第四以及第五阶段往复循环的是无数有关操纵关系的故事。这是我的警长在多年以前就习以为常的模式，今天仍然十分普遍。这种循环往往是受害者无法离开的信号，并且所施加的压力使得分手变得困难重重或几无可能。当一段关系在经历某种触发和升级后修复如初时，受害者常常显得很高兴，但这更多的是希望事情会有所改变，他们的生活会变得更好过。而事情罕有改变，这种循环可能会持续若干年。

第二种常见的结果是，关系或许会止于破裂，操纵者最终接受了分手，然后回到了第一阶段，寻找他们下一位受害者。他们可能会给下一位受害者讲述乱麻一般的分手以及他们不讲道理、难以相处的前任，吐露他们的过往。他们这么做是因为仍然对分手耿耿于怀，把自己当作不公正的受害者，以及/或者为了引起同情，从而开始操纵。

第三种，也是更令人担忧的结果，是以上两种情况都没有发生，这个人就进入了第六阶段。大多数人不会发展到这种长时间地对受害者进行跟踪的情形。当涉及离婚或对孩子的探视权的争夺时，这种升级在“糟糕的分手”的掩护下几乎是正当的，尤其在双方都卷入了不必要的对峙行为的情况下，这是必定会发生的。然而，在许多存在情感操纵的案例中，下一步合乎逻辑的惩罚和操纵的步骤是持续不断地造成伤害的行为。在这里，家事法庭变成了一座竞技场，情感操纵不仅在此继续进行，并且法庭也不知不觉地成了参与者。

如果触发点并非分手，而是其他形式的无法解决的生活剧变——比如，财务破产——当死亡成为唯一的解脱之道时，就可能出现凶杀的风险。有一些操纵欲强的人会自杀，但也可能会杀死他们的伴侣和孩子。

操纵者通常会拒绝放弃对他们的家庭或伴侣的控制，甚至也拒绝妥协：这是他们性格特征的一部分。对于有些人来说，妥协是不够的，唯有胜利。这多半是由于他们是那一类把世界分为赢家和输家的人，或者是因为他们觉得失去权利是一种极大的不公。我并不是说所有糟糕的分手都与情感操纵有关，实际并非如此。但在存在情感操纵的地方，法庭系统应当有足够的专业知识来保护那些遭到操纵者暴力对待的人。在后面的章节中，我将更多地讨论操纵者与受害者在法庭上的互动。

如果事情发展到第六阶段，这就令人担忧得多了。第六阶段发生在升级不再有效的时期，操纵者改变了他们对策略的想法。

6

第六阶段：想法的改变

文森特家人谈论的是一个简单的举动，只是在事后他们才意识到这是一个迹象：他正变得越发危险。

当文森特意识到无法让唐娜改变主意的时候，他的行为改变了。突然间，操纵唐娜的企图似乎终止了，他的家人注意到他看起来平静多了。但他们认为那并不是那种放下心结的平静，他们形容这几乎像是一种嘲笑。他们对此感到不安，并非威胁或者恐惧，只是不安。

这是在文森特杀害唐娜的前一个晚上发生的，那件事让他们全都议论纷纷。唐娜那些不再住在家里的孩子们，每个人都接到了她打来的电话。

“你一辈子都猜不到，”唐娜说，“我们今晚没有看《科里》①！”

“什么？你在开玩笑吧。不可能，这不会是真的。”他们都这么说。

“我什么都没有对他说，”唐娜继续说道，“但他只是在微笑。这很奇怪。”

一般而言，没能看心爱的电视剧显然不是一个人即将成为杀人凶手的征兆。但这是一个值得提上一嘴的事情。由于文森特一直都很坚持这个规矩，自孩子们从小时候有记忆以来，这是他第一次对此犹豫不决，因此让人十分不安。

文森特改变了策略。这倒不是说他改变了日常习惯，而是指他不再需要遵守它了，这对他而言不再重要也不再有用。他不需要实行那种控制，也不需要这个预警系统了，因为他已经决定要杀死唐娜。

亲密伴侣暴力和凶案的专家罗素（Russell）和丽贝卡·多巴什（Rebecca Dobash）两位教授认为一种策略可以从试图挽留伴侣保持关系转变成为防止离开而毁了伴侣，这对第六阶段是一个非常简明的总结。这也很精准地抓住了想法改变的原则：在大多数以分手为触发点的案例中，操纵者开始相信必须毁掉受害者才能恢复他们的地位。这是第一个切实而又关键的变化，在此凶杀从有可能转变成了可能性有多大。这一想法的改变并不总是很容易识别，而那些最亲近的人最有可能注意到细微的差异。有时候，唯有在事后这些变化才变得显而易见。

文森特的家人说，在这个阶段最骇人的一点是他面带嘲讽的微笑。这是一种只有他才知道的微笑。很难对任何一个人说，他们感到不安是因为他自个儿古怪地笑着。但我们把它放在前因后果中来看，他发生变化的行为举止就有了不同的含义。这是一个警告。

“我不可能伤害她，因为我爱她……”

2005年，《卫报》记者凯瑟琳·瓦伊纳公布了在十二个月内被伴侣杀害的七十二名女性的名字。我研究了每一个案例，着眼于它们是如何在法庭和媒体报道中被解释的，并把这些研究成果发表在《谋杀、性别和媒体：危险的爱情叙事》（2012年出版）一书中。凯瑟琳·瓦伊纳的名单是我第一次看到这样的案例整理——毫无疑问，在

---

① 《科里》（*Corrie*），英国人对电视剧《加冕街》（*Coronation Street*）的昵称，该剧自1960年12月9日起播映至今。

那个时期它从未被正式整理过。从那个时候起，其他人也承担了这项工作，收集被伴侣杀害的女性的名字，并公之于世。卡伦·因加拉·史密斯是慈善组织尼亚（Nia）的首席执行官，她主持了一个名为“统计死亡女性”（Counting Dead Women）的项目（去访问网站吧，简直骇人听闻）。随着人们日益认识到这一问题的规模之大，全球各地都在创建类似的网站。

在我重新审视的七十二个案例中，大多数对女性死亡的辩护和解释都令人震惊。最糟糕的例子是，律师们都主张把谋杀指控减轻为过失杀人。比如，一个男人说他在冲动之下杀害了妻子，因为她醉得无法去度假。然而，据透露，他对她有一段严重的虐待、折磨和暴力的历史。在杀害妻子之后，他任由她的尸体留在合租公寓的椅子上，自顾自地度假去了。在报纸上和法庭上，他被形容为一个因失去伴侣而心碎的人，他被判过失杀人罪而不是谋杀罪。

在另一个案例中，法官说受害者“有充分的理由”把一把刀放在她的枕头下，因为她被前任伴侣以及他要杀死她的威胁给吓坏了。这位法官接下去说，受害者在凶手杀害她的那天严重地激怒了他——正是用的那把刀——当时她嘲弄了他的性能力。虽然并没有提出任何证据说明这些话是真的，但是凶手被相信了。我感到惊讶的是，一个被吓得在枕头底下藏了一把刀的人，还能有足够的信心来奚落这个男人在性事上的刚猛。

法庭上的辩论和判决都不是凭空而来的。律师们很清楚什么样的辩词更容易胜诉，他们需要文化和社会情绪的晴雨表来尝试预测什么是陪审团认为合理的辩词。从研究中我发现，法庭、调查员、记者以及其他人似乎真的相信这些谋杀是“一时冲动”，是被受害者激怒所导致的。很长时间以来，这种说法并没有受到主流多大的质疑。

*

我第一次听说南希的案例时，当即感到极度愤慨，有太多的谋杀以这种方式被合理化了。似乎没有人真的相信这些凶案哪怕有一丁点儿是预先计划或下定决心的。通过与南希家人的交谈，我能够证实第六阶段想法改变的确切证据，即当权利失控时就会做出杀人的决定。

南希是一位富有同情心的医务工作者，最近被诊断患有癌症。她很清楚自己的婚姻状况一塌糊涂——事实上，对她来说甚至是很危险的——在经年累月的恐惧和控制之后，她决心告诉丈夫安格斯，她打算离开他。“我想要离婚，安格斯。”她平静但不容置疑地对他说道。

她告诉家人，他就站在那里盯着她看，像是有几个世纪之久。南希期待他能说点什么，这样她就能知道自己该如何面对了，至少是眼下。他会生气吗？他会哭泣吗？还是他只会嘲笑她？她说她开始感到头晕。

安格斯终于打破了沉默。“你不会有机会做这样的决定。”他平静地说道，转身离开了。

“原来如此啊。”她想道。随后，脑海里还想着他对她说的最后一句话，恐慌突如其来。她给家人打了电话，她这会儿知道自己有危险了。“他要杀了我。”她对家人说道。

南希很清楚安格斯的能耐。多年的威胁、操纵和性暴力使她确信无疑。至于她能否让别人相信她，则是另外一回事了。但南希的家人绝对地相信她。

第二天，她收到了一封信，很长、很伤感，但令人不安：

> 南希，我的妻子，你是最棒的女人，充满爱心的母亲，也是优雅迷人的人。这些年来我对你很不好，你不应当受到这样的对待，而我也应改过自新。我知道我错了，我将永远为我对你所做的事情感到悔恨。我要结束这一切。你就可以摆脱我了。

这看起来像是一封遗书，安格斯表达了多年来对南希暴力相待的自责。或许吧。

在这种情况下，操纵者给出的自杀威胁令人担忧，但它们也相当常见。其中有些是真实的：这个人可能打算结束自己的生命，但在存在情感操纵的情况下，把它们看作隐含的凶杀威胁不失为一种审慎。当对话涉及死亡时，它暗示了对事情的终极看法。

南希本能地知道这一点，她意识到事态升级了。她不相信安格斯在自责，她太了解他了。这只是一场一心一意、毅然决然的战斗的第一波攻势。

他并没有得到他想要激起的回应：南希没有回到他身边，而安格斯也没有试图自杀。这一自杀威胁多半是为了促使这段关系回到他的掌控中，尽管我并不觉得这种威胁是空泛的。他想到了自杀，但不是作为个人的行为。在安格斯的脑海里，他表现出的悔恨是南希改变主意的最后一个好时机，是她纠正错误的最后机会。他恐怕认为自己相当公正，给了最后一次机会。所有这些都失败了，此时死亡威胁和跟踪骚扰开始了。

南希依然坚信安格斯想要杀害她。于是她去报警了。她惊慌失措，恳求帮助。警方认为安格斯对自己的威胁胜过了他对其他人的。

很有可能，安格斯在自杀还是杀人的想法之间发生了改变，从一个计划（让南希回来）转到了最终的计划（杀死她）。有一些专业人士把这个称为“最后一搏思维”，但并没有得到普遍的认可。多年以来，它在其他类型的凶杀案中得到了描述和确定，并且在出现跟踪者的情形中得到了广泛的讨论。由于大多数跟踪者是前任亲密伴侣，因此这两者之间有很强的关联。

安格斯的下一封信不是写南希有多棒的，而是指责南希是一个“婊子”以及为什么她“该死”，因为她夺走了他的一切，他所有的权利。他的信表面上说的是一回事，实际指的是另一回事。

安格斯和他的孩子们保持着联系，尽管孩子们不是很信任他，觉得他会伤害他们的母亲，但他们还是会和他见面。有一种观点认为，当两人不在一起时，愤怒是有限的，对另一个人也构不成威胁。在另一个案例中，一位家事法庭的法官在与一位女性交谈时完美地阐释了这个观点。这位女性受到了前夫无休止的跟踪、骚扰和威胁。他们正在争夺孩子的探视权。法官对这位女士说道："夫人，他憎恨的不是孩子们，而是您。"这完全误会了情感操纵及其带来的威胁。这种行为是一种举措，像大多数的举措一样，它有目的也有计划。计划往往是极为严格的，优先于任何事情，这对所有处于风暴眼之中的人都是危险的，包括孩子们。

安格斯杀害南希的那一天，他通过孩子接近了她。他按照平时的安排去接他们。他操纵了局面，进入了房子，这是自从他和南希分居后第一次和她单独待在一间屋子里。孩子们也在家里。南希知道就是今天了，她慌忙报了警。这通电话记录了她的死亡，非常不幸地，也记录了孩子们的死亡。安格斯当场自杀。

这不完全是安格斯计划实施的事情。我们知道这一点，是因为他留下了他实施计划的证据。他已经筹谋这个计划有几个月之久。他已经准备好了一套"杀人工具"，正在伺机而动。有些线索只有在事后看来才有其意义。第一封遗书之后，安格斯的语气发生了变化，从乞求原谅转变成了更加阴险的措辞，并且隐含了死亡的威胁。这本应引起警觉，这是策略的明显改变。安格斯花了三个月的时间来执行他的计划，在这段时间里对南希的骚扰和跟踪从未停止。

暴风雨前的平静

当文森特改变了想法后，他看起来更平静了，讥嘲地笑着。他改变了他的规矩，尽管这一异动被注意到了，但它们没有被当成危险的信号。西蒙娜也改变了：她也变得更平静，就好像愤怒被控制住了。另一方面，卡尔似乎变得更加怒不可遏、不顾一切，并且更加毅然决然。

德温几乎是立即做出了杀害女友的决定。他听到她在和一个朋友谈论离开他的计划。他怒火中烧，并且耿耿于怀。就在这一天里，他出去买了一把刀，下定决心要用它刺死她。他把刀藏在夹克里，等待时机，因为他们已经约好了当天晚一点一起去逛街。就是在这一趟他们谈好了的约会里，就在市中心，德温突然拿出刀，当着所有人的面刺杀了她。他捅了一刀又一刀，超过了致死的程度，一如文森特所为。她绝对是害怕德温的，她也知道他很危险，但我不认为她意识到德温打算在那天杀了她；不像南希，她是确实清楚的。

第六阶段的变化很微妙，但值得注意。有时候，这些人会真的把他们的决定告诉朋友们。这比你想象得更为常见。

*

埃利奥特·特纳告诉朋友，他打算杀死前女友、十七岁的学生艾米莉·朗利；他甚至对他们说了他打算怎么干。据报道，他询问他们是否可以在他们身上试着掐一掐，他的朋友都没有当真。2011 年，他在伯恩茅斯父母家的床上勒死了艾米莉，被判谋杀罪。

自杀或者杀人的威胁并不一定都是虚张声势的；在这种情况下，这两种威胁都可以是未来凶案的征兆，每一次都应当认真对待。有些会非常明确，随着时间的推移可能会变得越发确切。埃利奥特·特纳说他打算掐死艾米莉：这非常明确，至少表明他在脑海中描绘过这一袭击的画面。他决定杀了她，把这事告诉朋友让他感到了自信。很有可能的是，当他们并没有公然地质疑他时，他把这理解为一种认可，他们是和他站在一块儿的。

我采访的一个失亲家庭给我看了一份很长的遗书，是一个杀害了妻子和四个孩子并且自杀的男人留下的。从表面上看，他言词中透露出懊恼与悲伤：他把受害者形容为善良的人。但是，和安格斯的遗言十分相似，这是一种策略，说明他何以认为谋杀是“必要”的，是一种合乎逻辑的解释。当这个案例第一次登上新闻头条时，凶手被描画成悲情而不是狠绝的，是感到绝望而不是理所当然的。那些最初的关于他的假设从根本上来说是误导。他并不是由于一时绝望或者抑郁症去杀害妻儿的。他有逻辑、有计划、有决心。他决定了，解决办法就是谋杀。他根据自己的想法而不是别人的，选择了一个日子、一个时刻，把这件事干了。为了逃避一件迫在眉睫、不可逆转的生活巨变所带来的耻辱，他决定杀死妻儿，这样他们就永远不会发现，接下去他就自杀。并没有商量。一旦决定已下，他就感到自己有了更多的把控和权力。

在谋杀发生前的一段时间里，他的言行举止有所改变，但没有引起任何疑问。这些细微的变化是后来才察觉的。这个案例的触发点是凭空想象的分手：他对一位朋友说，万一妻子发现了他犯下的一件火烧眉毛的祸事，他担心她会离开他。

首先，他移动了主客厅的家具，受害者的姐姐注意到了这一点。其次，他一直对妻子的家人很亲热，从来没有发生争执和问题。他们经常与受害者和孩子们相聚，但从来不是她一个人，也从未落下他。有一天晚上，他突然送妻子去探望她的母亲，让那两个女人一起聊了好几个小时，然后才回去接她。这是以前从未有过的。她的妈妈在电话里对另外一个女儿说道："他把我们俩单独留在一起。"她还说道："他从来没有这么做过。"

"这真奇怪，"她的女儿回答道，"不过，昨天我去那里的时候，他搬动了家具。家具都在同一个地方放了二十年了……"

就其本身而言，这两件事似乎无足轻重。然而，它们表明有些东西正在发生变化，是他内心的某些东西。他一直是一个主导型、有操纵欲的人，虽然表面上并不暴力，但他恪守规矩；他的姻亲认为他有点儿"过于紧张"，但从未对此提出质疑。

谋杀是精心策划的：他们被安排了顺序，并且所设计的环节都是为了保证他不会被打断。孩子们在被残忍无情地杀害之前被堵上了嘴；家具被移动了，以确保他能够出其不意。他一直有自杀的打算，在写完遗书之后就这么做了。

这个男人不想丢脸，怕失去地位。他不愿意家人看到他可能受到的任何羞辱，也不希望妻子离开他。妻子和孩子们没有发言权，也没有机会支持他度过或许会遇到的困难。他生性如此，觉得每个人都必须以死捍卫他的自我价值。

*

如果凶杀时间轴的八个阶段能被更好地了解和更清晰地认知，那么我们就会占领先机，更早地发现这些改变，并且可能采取措施保护人们。

这个观点在蕾切尔·威廉斯这里得到了证实。蕾切尔是一位了不起的女性。她那暴力而有操纵欲的丈夫经历了全部的这八个阶段，她可以追溯他在每一个阶段的所作所为。在最后一个阶段，他拿着枪进入她工作的地方，并朝她开了枪，任由她奄奄一息地躺在地上。他随后逃离了现场并上吊自杀。

尽管身受重伤，蕾切尔还是活了下来。如今，她在为情感操纵、跟踪骚扰以及家庭暴力的受害者而奔走，运营了一家名为“反对家庭暴力”的慈善组织。现在，她可以很清楚地看出丈夫行为中包含的第六阶段。在试图杀害她的前几天，他开始“清理”他生活中的事情，这表明他一直在计划自杀，也打算杀了她。蕾切尔的丈夫去找了他的前女友，为他的暴力行为道歉，然后又为他的狗找了新家。到了这个阶段，他已经就如何解决他的问题做出了决定，他的想法已经改变。他决心已定，他知道自己要杀了蕾切尔并且自杀。事情并没有按照他的计划进行，蕾切尔幸免于难。这起谋杀未遂以及自杀事件的一个极其悲剧的结果是，蕾切尔十六岁的儿子在不久后自杀了。许多案件显示，家庭暴力的受害者可能不止于亲密伴侣。

7

第七阶段：计划

有一天在警察总局，我和一位探长讨论问题。我一直在为警员进行风险评估的培训，当时我们正在召开一场跟进会议，探讨案例以及其他事项。“看看这个，”她说道，递给我一小叠照片，“你会发现这真的很有意思。”

我接过照片，把它们翻看了一遍。这些都是警方的证据影像，照片上有一些物品被整整齐齐地摆放在桌子上。除了一些杂物以外，还有若干布基胶带、刀子、尼龙扎线带、塑料垃圾袋、眼罩、塑胶手套、口塞、漂白剂、手铐、缆绳、麻绳、火柴和锤子。这是一套杀人工具。

“你能相信吗?”探长说道，“这是我们逮捕这家伙时他车子后备厢里的东西。”

我们俩看了看这些物品的分类，立刻意识到一场谋杀被阻止了。这感觉不错，但也令人害怕。

把这套工具搜集在一起的那个男人最近和妻子分居了。他一直在跟踪她，警方知道他的这些行踪。就在这一天，她报了警，说他又在家门外监视她。警方决定逮捕他。作为逮捕行动的一部分，他们搜查了他的车子。谢天谢地他们搜查了。安格斯杀害南希的时候，他的车子里也有一套杀人工具。在这两个案例中，我们都不知道工具是什么时候放进车子里的。它们可能已经放在那里很久了，只是在等一个机会。

一套杀人工具对于作案意图和计划来说是相当有力的证据，一旦被发现，这些证据就是实实在在的，恐怕很难为其辩护。计划的其他迹象可能更为隐蔽，并且亟需揭露。

计划是一个有争议的问题，因为如果我们接受大部分凶手都对谋杀做了计划，那我们就再次承认了激情犯罪是虚假的神话。如果你做了计划，你就不仅仅是“失去了理智”或者所谓的在一瞬间“血气”冲上了头。你有时间变得理智，思考你在做什么，然后做出决定。无论节奏如何，计划意味着至少是打算伤害某人，不管这个计划的形成是花了一年、几个星期还是几个小时。有些人只会计划如何以及何时实施谋杀，像文森特；有些人会等候时机出现；有些人会精确地计划如何实施，并提前准备，比如安格斯；有些人不仅计划谋杀，还会筹谋如何逃脱。从分手到杀人之间的平均时间是一个月多一点。

文森特决定了杀害唐娜的时间、地点和方式，我们知道他至少计划了一周。他没有精心策划不在场证明或者逃跑计划。他深信自己是合乎情理的，一意孤行地犯下罪行，所以他没有考虑去做事后的打算。卡尔计划让邦妮到外面去，像往常一样揍她一顿。他只是想碰碰运气，可以凭借花言巧语逃脱警察的麻烦，一如他以前无数次做过的。西蒙娜可能花了好几个月的时间来预谋杀人、准备她的辩护理由。

伊恩·劳伦斯以前是一名飞行员，他精心策划并实施了一场车祸，杀死了与他分居的妻子萨莉。他用了一些手段把萨莉弄上车，以每小时超过五十英里的速度驱车撞上了一棵树。如他所愿，他活了下来，而萨莉死去了。警方认为这起事故十分可疑。司法鉴定证据显示这辆车是冲着树撞上去的，没有踩刹车，萨莉的安全气囊已经失灵，就在冲撞之前，萨莉的安全带也松开了。有证据表明，乘客的安全气囊在碰撞之前被关闭了六次，这是警方的调查人员所建议做的测试。

肯定有那些打算好逃脱谋杀的人，不幸的是确实有些人做到了。罗伯特·特里格是沃辛酒店的前主厨，他通过伪造死亡假象杀害了两名伴侣。在这个案例中，其中一个家庭不得不奋战了五年，让警方认识到他们的女儿是被特里格杀害的事实，而不是如他所说的，只是在睡梦中死去。

从我研究案例的经验来看——无论是警方的调查，还是法医的勘验或死亡审查——专业人士往往不能或者不愿意接受凶案已经发生的事实。我曾经与一个家庭合作，调查他们女儿的死亡：调查花了五年多的时间，不过现在警方已经发了声明，他们本应在一开始就进行调查，而这位女性事实上是被她的伴侣所杀害的。我目前正在为若干这一类的案件工作。措辞和基调已经开始改变，我看到人们发起了许多强劲而有影响力的运动，它们正在产生真正的影响。如今，专业人士更愿意保持好奇心，进行更深入的研究。有时候，我们必须怀疑有些事情是错误的，才能发掘出证据：有时候，我们“在看见之前必须首先相信”。

2010 年，安托万·丹尼斯在肯特郡的死亡就是一个显而易见的例子。警方接到意外死亡的报警后，发现一名男子仰卧在客厅里，没有明显的伤痕，也没有可疑的情形。警方认为这名六十多岁的男子是自然死亡的，于是叫了殡仪馆的人来搬运他的尸体。当殡仪馆的人抵达，抬起丹尼斯先生打算搬动时，他们发现他的背上有血迹和一把刀。凶杀的证据就摆在那里，但人们却不相信有这种可能。有很多因素会使我们对事实视而不见。我们可能会对受害者做出预设。机构性种族主义也在调查中扮演了一定的角色，在我所看过的案例中，性别歧视的预设可以保护凶手，就好像我们对吸毒、性行为和生活方式的预设一样。

阿加莎·克里斯蒂曾经说过，如果你想从谋杀中逃脱，就去杀害那些预期会死的人。最近，一位女士联系我，想要调查她病人膏肓的姐姐的死因。有一些确凿的证据表明，她在死前不久曾遭受过饥饿，但很难让人们听进去这一点，更不用说采取行动了，尤其是在这种情况下。最简单的解释往往最为人们所接受。我曾经见过一些被摆成自杀样子的案例，或者看起来像入室盗窃、抢劫和争吵。所有这些案例经过更审慎的检查，都具备可引起强烈怀疑的证据。如果这种怀疑等到数年后才被提出，或者在司法鉴定尸体解剖的机会过去了之后，支持起诉的证据或许就永远消失了。

凶手在他们的计划中并非样样精通，他们常常在互联网上查找信息来完善谋杀计划。类似于"如何实施完美谋杀"和"如何杀人"这样的搜索并不少见。有些计划比其他的一些要更加直截了当。比如，文森特在杀害唐娜前几天或前几周的某个时刻，决定要把她捅死。他还决定了就在停车场。他并没有打算逃避追捕，所以也没有处理唐娜尸体的计划。这是一个简单的计划，但同样决绝。安格斯是另一个极端，他花了一年多的时间一丝不苟地筹谋如何杀害南希，不过即使这样，事情也并没有完全按照计划进行。

从决定谋杀到谋杀发生之间的时间长短，一直是司法系统内各持己见的争议话题。过去的惯例是，激怒必须是在杀害之前即时发生的，才能把激怒作为减轻罪责的抗辩理由。考虑到家庭暴力的受害者可能会出于极度的恐惧而实施报复，尤其当她们感到这么做会更安全的时候，这一点受到了质疑。基兰吉特·阿卢瓦利亚[①]是一个重要的案例。丈夫拽着她的头发，把一个滚烫的电熨斗摁到了她的脸上。几个小时以后，她在他睡觉的时候点燃了他。基兰吉特遭受了将近十年的可怕的情感操纵，伴随着残酷的暴力，她多次试图离开，但丈夫总

① 基兰吉特·阿卢瓦利亚的故事被印度导演杰各·曼德拉拍摄为电影《激怒》(*Provoked*)，于 2006 年公映。

是能够找到她，强迫她回来。她说她并不打算杀死他，只是想让他失去行动能力。事发当晚，她在他的脚上浇了汽油，点燃了火，这样她就有时间和孩子们一起安全地逃离房子。丈夫后来因伤势过重而去世，基兰吉特被判谋杀罪。她只服了三年多的刑期，就在上诉中成功地将判决减为过失杀人罪。

从法律条款来看，在考量是否有杀人意图以及罪责时，计划和思考的时间是至关重要的。要紧的是发掘这些证据，特别是由于它们往往是存在的。或许更重要的是，事实上这种证据通常在谋杀发生之前就存在了，如果能在有人被害前发现这样的计划，这就给预防带来了大好的机会。

德温决定杀害伴侣时，杀人的意图和计划只用了几个小时就完成了。有人主张，这时间够短了，算得上是激情犯罪。我并不同意。德温，还有和他一样的在很短的时间跨度内杀人的人，仍然是在制定计划并付诸行动。他们并不是出于一时的怒火而随手抓起最近的凶器。

伊迪丝和沃尔特

我分析过的一个比较有争议的案例是伊迪丝和沃尔特的。这是一个让人们分成不同阵营的案例，揭示了我们在看待关系和操纵的方式上存在着深刻的差异。

伊迪丝和沃尔特已经结婚五十多年了。他们有四个成年的孩子，两人都退休了，住在诺福克海岸一幢舒适的房子里，没有什么经济上的顾虑。他们的孙辈都住在本地。沃尔特和伊迪丝有一个很强大的朋友圈，会定期地在一起聚会交流。没有人见过他们两个打架或者争吵，据我们所知，伊迪丝也没有向她的朋友们吐露过任何暴力行为。他们的孩子也从未对父母的关系表示过担忧。任何一个看到沃尔特和伊迪丝这幅生活图景的人都不会觉得有什么可担心的。

一天早晨，人们发现伊迪丝和沃尔特双双死在他们共同生活了几十年的家里。有一位事先约好的朋友来看望他们，很惊讶地发现并没有人来应门。她非常担心，因为沃尔特和伊迪丝早上总是在家的。她知道钥匙通常放在花盆底下，就拿着它进了门。她大声喊着伊迪丝的名字，爬上楼梯，一遍又一遍地喊她的名字。她惊恐地发现伊迪丝仰面躺在卧室的地板上。她的头部受了重伤，流了很多血。沃尔特在车库的汽车里，用汽车尾气自杀了。

自然，这个消息让社区里的人感到震惊和难过。我首先想到的是一起失控了的入室盗窃案。是不是有人闯了进来，遭到了这对夫妻的盘问？然而，警方的调查很快证实，伊迪丝是被沃尔特杀害的，手段残忍而暴烈。接着他就去了车库，坐在他们的车子里自杀了。对每一个人来说，最大的疑问是为什么——为什么在经历了五十年看似幸福的婚姻之后，沃尔特会做出这样的事情？为什么要用这么残忍并且可怕的方式？认识他们的人，甚至媒体，都猜测沃尔特“啪地断了线”——他可能罹患某种精神疾病，而这完全颠覆了他的性格和理智。

沃尔特为什么要这么做，我的工作就是解开这个谜团。警方已经证实了沃尔特是罪魁祸首，但没有真正清楚其动机。这不是说警方没有强烈的怀疑。关于这个案例，我第一个谈话的是一个高级调查员。他是一个非常有见解、经验老到的探长，在简要地向我介绍背景和事实方面帮助很大。当我坐在警察局里查阅案例卷宗时，他说道：“我一下子就知道这是什么情况了。你对这样的事情会有感觉。我一走进厨房，打开碗柜，脖子后面的汗毛都竖了起来。”

“你看到了什么？”我问他道。

“整整齐齐，一列又一列，每一样东西都各就其位。每个柜子，每个抽屉。我那时就知道了，我知道这是怎么回事。”

他的话听起来似曾相识。拥有一个整洁的厨房当然不犯法。过度地注重秩序以及痴迷于列表、排列和分类也不是问题。但有时候，在某些情况下，它是一个更大拼图的一部分。它有时暗示了很强的操纵与受控的人格。这里的秩序和整洁如此鲜明，显然它对伊迪丝和沃尔特有某种意义。当开始更深入地调查他们的关系时，我的担忧进一步增加了。

伊迪丝和沃尔特相识于五十多年前，当时伊迪丝在一家商店里工作。她是一位娴静又自在的年轻姑娘，过着普普通通的生活，很受欢迎，也很容易交往。这就是人们对她的印象。她对沃尔特一见倾心，他们认识不到一年就结婚了，生下了第一个孩子。

相比之下，沃尔特并不是一个随和的人，朋友们认为他压根就不好相处。他们形容他是一个好辩的、霸道的人。对于他挑起的争论，他一直是必须要赢的，而且嗓门很大，咄咄逼人。很多人说，他们就让他赢得争论了，因为他是正确的，这点对他来说太重要了。大家还觉得沃尔特有点脸皮薄，不算从善如流。他也不太擅长应对质疑。朋友们很了解他这一点，因此小心翼翼地不去触怒他。他们看起来都很喜欢他，似乎这些并不会危及他们之间的友谊。

说起沃尔特和伊迪丝的关系，朋友们讲的事情都听得我耳朵起老茧了，尤其是关于他们老夫老妻的。这些事情千篇一律：据说他们从不争吵，总是成双成对，他们对彼此“忠心耿耿”。有一点大家都同意，而且几乎人人都提到了，就是他们的可预测性。“你可以用他们来给你的手表校准时间”这句话被反复地提及（并且是真心实意的）。朋友们说沃尔特和伊迪丝遵守严格的规矩。然而，仔细探究，这远远超过了人们觉得舒适或正常的程度。伊迪丝和沃尔特有一个雷打不动的时间表，并且惊人地详细。每一个行程都有一天、有一个时刻来开始和结束。有一回，一个朋友说，当地的超市里没有沃尔特指定的一个牌子的茶。他嗓门很大、气势汹汹地投诉，大大超出了合理的情形。他丝毫不能容忍他的规矩被改变或者打乱。而大家都知道，伊迪丝要随和多了，这说明她遵守规矩是为了让沃尔特高兴。这些都是沃尔特的规矩。

他们生活的这一图景释放了某些危险的信号。在他们开始交往的时代，沃尔特可以独断专行，没有人会觉得这是奇怪的或者是不对的。那个时代的文化就是这样的。男性进行掌控不仅是正当的，而且被鼓励这么做。伊迪丝很有可能同意沃尔特的怪癖和要求，并且认为这是理所当然的。考虑到这些规矩的一丝不苟，它们恐怕对沃尔特有特殊的意义，这意味着如果有人违背了他的要求，或者破坏了他的规矩，他会做出极其负面的反应。

这种对他和伊迪丝生活方方面面的控制的需求或许是根深蒂固的。伊迪丝应当很早就领教了打乱或者挑衅沃尔特的规矩会有什么后果。考虑到她所处的文化环境，以及她对生活随性的态度，他的要求主导了她的生活也就不足为奇了。但这并不是说，她没有经受过不服从的后果。她极有可能是通过不断地试错来学会如何维持生活的稳当。只需要一次打击、一个教训，就为未来定下了基调。伊迪丝和沃尔特的生活方式为规矩所主导，这在情感操纵的案例里并不罕见，尤其是在老年夫妇中。我曾经见识过不少案例，因此和这位探长一样，听到这件事我并不感到惊讶。

这给我们带来了一个有关情感操纵的难题。如果伊迪丝是在双方同意的情形下遵守规矩的，这是否构成了暴力呢？无论你的立场如何，假如伊迪丝忽然不喜欢和沃尔特在一起的生活了，并且打算分手，这都不会降低风险。我们真的不知道伊迪丝的感受，因为从来没有人询问过她。当她和沃尔特坐在一起的时候，家里的权力平衡是再正常不过的。我们确实知道，他们从未吵过架，伊迪丝总是在他的陪伴下外出。这或许暗示了争执是不可以的，伊迪丝也没有太多的自由。这就是大多数女性的处境，尤其是在伊迪丝的年龄层。一个显而易见的问题是，操纵型人格和行为可以隐藏在文化之中，从而使这样的操纵显得正常。沃尔特风险相当高的焦虑和要求，其表现与较为正常的充满男子汉气概的“一家之主”的角色之间并无区别，尤其是这段关系开始的时候，正处于这样的事情不容置疑的年代。

我们还知道在伊迪丝被杀害前的几个月，沃尔特的生活发生了改变。伊迪丝开始生病了。她的病意味着沃尔特的规矩受到了一定的扰乱。伊迪丝没办法始终在正确的时间出现、做正确的事情。医生和护士开始做出一些决策，而不是沃尔特。他开始变得非常易怒。在最后几周，他越来越爱争执，当他发现生活中的有些事情无可挽回地必须改变时，他开始变得异常地难以相处、怒气冲冲和不可捉摸。他们的朋友们谈到了他在尽力应对这些改变时性格上的变化。在被杀害之前，伊迪丝曾向她的医生和最好的朋友坦白，她发现她无法和他共同生活了。她甚至说她想要摆脱这段婚姻。五十年后，她说她受够了。

我们知道他们已经有了争执，伊迪丝更加坚持自己的主意。我们还知道他制订了谋杀她的计划。他已经开始整理他所有的财务，立了一份新的遗嘱。他打算在杀了她之后自杀。

对伊迪丝的谋杀是残忍而又暴烈的。他用锤子和扫帚打她。有证据表明她试图反抗，躲避攻击。这不是安乐死，这也不是由于爱。

把拼图拼在一起，我们发现这场婚姻确实有问题，但或许不是那种人们认为的令人担忧的问题。刻板规矩的存在是有原因的。朋友们说他们从未争吵过，这一事实可能正表明了其中一方由于忧惧后果而避免任何形式的争执或者挑衅。朋友们也说他们总是形影不离。有时候，这表明夫妻中的一方没有拥有兴趣的自由，如果另一方不感兴趣的话。沃尔特终生都需要对他和伊迪丝的生活进行细致入微的控制，这意图从未受到质疑或确认。为什么他需要这种程度的操纵？为什么失去控制对他来说这么严重？是否应当在更早的阶段识别出这个问题？如果是的话，这可以拯救伊迪丝——以及沃尔特——的生命。

许多人推测，沃尔特一定患有某种精神疾病，因此才会杀害伊迪丝。这是一个方便但毫无意义的解释。指向显而易见的证据并给出一知半解的说辞，比起更深入地挖掘并面对某些令人不舒服的真相，还是要容易多了。精神疾病常被认为是谋杀的一个原因。确实，某些杀害伴侣和孩子的行为可能是在精神疾病发作期间实施的。有时候，精神错乱是显见的，也是清晰的抗辩理由。然而，如果精神错乱未曾发作的话，精神病就不能是一个一劳永逸的解释。这并不能帮助我们在未来防止发生类似的谋杀。

同样地，滥用药物和酒精有时候也被当作谋杀的缘由。虽然滥用药物和酒精往往会使事态恶化，但它们并不一定是因果关系。假如我们把它们看作此因和彼果，而情感操纵又十分明显，那么我们并没有学到什么教训，而是在为杀人辩护。

卡西娅的死亡就是这样的情况，尽管她没有滥用药物的历史，却被发现是由非法药物中毒所引起的。她的脖子上有瘀伤，是被卡住脖子留下的痕迹，她的嘴边也有擦伤。她被认定是在性爱游戏中意外地服用了过量的药物。她的伴侣是一个吸毒老手，刚刚发现她打算离开他。警方已经查明，确有一段值得注意的伴随着暴力的情感操纵历史，但她还是被认为是自己造成死亡的。任何有点儿法医学知识或甚至是好奇心的人，都可以看到她被卡住脖子的痕迹，还有嘴边的擦伤，这些至少表明了她是被强迫摄入毒品的。但这一点没有被追查下去。如今已经在跟进这条线索了，但是花了很长的时间。

随着更多的探索性问题被提出，我们从中学到了更多。即使人们并不“喜欢”这些谋杀是有计划的想法，但证据表明，其中许多都是有预谋的，并且是在遭遇触发事件后计划的。

最近，我在研究一名有三个幼儿的年轻女士的死亡。她曾经和一个操纵欲很强的人交往过，不久前和他分手了。警方接到报告说她失踪了。高级调查员怀疑那位前任伴侣，他没有把它当作一个失踪人口案来盘查，而是立刻把它升级为凶案调查，并且已经就家庭暴力和情感操纵对前伴侣进行了追查。他向我解释说，他宁愿自己错了，那位女士安然无恙地出现，也不愿意错过收集证据、找到那位女士的尸体、把凶手绳之以法的机会。这位警官很有经验，他了解这些凶杀案，他告诉我整个案件都是按照我的八阶段时间轴来推进的。不幸的是，她未能平安归来。她失踪后不久，他们找到了她的尸身，就埋在附近的一块地里。他们让这位前伴侣被判谋杀罪。

8

第八阶段：凶杀和/或自杀

我在若干年前研究了“开膛手杰克”（Jack the Ripper）。这个项目影响了我对谋杀及其受害者的看法。我无意中发现了一张凯瑟琳·埃多斯墓碑的照片，她是公认的五个受害者之一。墓碑上写着“这里躺着凯瑟琳·埃多斯的遗骸（原文如此）……安葬于 1888 年 10 月 8 日”；接下去，以大号字母写着“开膛手杰克的牺牲品”，几乎和拼写她名字的字母一样大。我给吓坏了。是谁做出的决定？用通俗小报编造出的、杀害她的无名男子的绰号，来定义这位女子的一生，还有她的死亡和对她的纪念？她会想要这个吗？她的家人想要这个吗？我们想要这个吗？

人们往往对凶手有一种窥私癖的兴致，而受害者可以永远地作为凶手生命中的一章来为人记住。夺走一个人的生命，可以变成夺走全部的人生或遗产。

我的许多学生都对谋杀犯，尤其是连环杀手有着不懈的兴趣，我一直想和他们一起探究为什么会这样。有些人是通过真实的犯罪纪录片和书籍发现犯罪学很有趣的。这些作品无疑提高了人们对很多凶杀案的认知，也加深了我们自以为的对他们的了解以及对此提出的疑问。然而，人们对了解受害者及其故事的兴趣却要小得多了，虽然受害者的视角能够揭示最确凿的也是最有用的信息。许多对真实罪案感兴趣的人从未体验过这种犯罪是多么令人不安，这也是事实。阅读关于犯罪现场的描述和走过犯罪现场是完全不同的。

我记得在为当时被称为 CID[①] 的部门做一份临时工作时，接到过一个电话，要去处理一个正在发生的武装抢劫。我和一个同事在一块儿，听到电话后的刹那间，我们俩慌乱地对视了一眼，我感到恐慌正在我们两个人之间弥漫。有一家银行被打劫了，罪犯持有猎枪。我们赤手空拳，穿着便衣，坐在一辆没有警车标志的车里。我们全速冲向银行，事实上是第一个达到的小队。这真是顶顶稀奇的经历。尽管劫匪们已经逃离了现场，但他们出现过的罪证到处都是。我们追捕他们，但一直没能抓到。转瞬之间，银行里的一切面目全非。普通的东西变成了证物和证据，普通的人变成了创伤、威胁和恐惧的见证人。这里的氛围一点都不普通：它险恶而沉重，承载着生死一线间的脆弱和人类作恶的可能性。

所有恶性的犯罪现场都是这样的。我一直想知道，假如有人选择了不同的行为的话，事情又会如何发展。你不得不决定是扣动扳机射杀某人，还是举起刀子捅死某人。亲密伴侣凶杀案尤其令人不安，因为所做出的选择往往被人原谅，而它残酷的程度也被轻描淡写了。我刚开始研究它们的时候，就吃惊不已。我未能意识到暴力之深，我是说我曾经以为那些是愤怒之下的冲动行为，大部分都是无意的，也不怎么暴力。我真是大错特错。这些凶杀往往伴随着令人惊骇的持久的暴力——“过度杀戮”。这种过度杀戮暗示了一种斩钉截铁的愤怒：几乎没有一刀身亡、一枪毙命或者一拳致死的。

这些凶杀案的表现形式各异，十分复杂。有时候，儿童是目标——作为计划的一个环节而被杀害；有时候，他们是“附带伤害”——杀死伴侣的决心是如此不容置疑，孩子们并不重要，如果他

---

① CID，刑事调查局，Criminal Investigation Department 的缩略。

们碍事了，就会被杀掉。有些凶杀是秘而不露的：有时候，孩子和母亲都被杀害；而有的凶手则一心一意杀死孩子，其目的是给那位母亲造成最大的创伤。最常见的情况是，孩子们在现场，多半目睹了他们母亲被杀害的过程。

*

我第一次拜访一个失去亲人的家庭是和弗兰克·马兰一起，他是“致命家庭暴力善后游说团体”的创始人。我和弗兰克·马兰初次见面时，正在为一本探讨家庭凶案的书做研究。我联系了他，希望他帮助我了解家庭和受害者的观点，在那个时候我对此几乎没有什么经验。这或许是我整个职业生涯中最重要的一次会面了，因为它改变了我对阻止谋杀发生能做些什么的想法。

直到那个时刻，我都感到义愤填膺，这让我一根筋地看待这些不公正。讽刺的是，作为一个在这么可怕的情形中失去两位亲密家庭成员的人，弗兰克似乎没有我那么愤怒。我们都希望事情有所改变，但弗兰克或许更为警醒，他很清楚愤怒会带来什么样的后果以及何以如此。通过和他的交谈，我意识到专业人士——比如警察或者社会工作者，他们在巨大的压力和很少的支持之下做出仓促的决定——在大多数情况下，他们是好心办了坏事。（也有一些人故意做出了破坏性的决定，但我认为他们是少数。）

弗兰克的妹妹茱莉亚和外甥威尔在遭受了长期的家庭暴力后被杀害，这其中暴露出大量的由专业人士所做出的糟糕决定。这些决定让她变得更不安全，也导致她的前夫得以执行他的计划。那些做出不知情决定的人，没有一个想要茱莉亚或威尔受到伤害。做出这些决定时，真相被隐藏在一个有严重缺陷的信仰体系里。我们需要摒弃这些信仰，用事实取而代之。

弗兰克带我去拜访的第一个失亲家庭对我非常欢迎。当我走进他们家的时候，有一种强烈的感觉，有什么可怕的事情发生在了这两位毫无戒心、普通而又可亲的人身上。当他们的女儿被她的前夫杀害时，他们快要退休了。他们一辈子勤勤恳恳、从事体力工作，终于到了休息的时候了。忽然，一夜之间，他们在骇人听闻的惨剧中失去了女儿，成为三个饱受创伤、实际上已成为孤儿的孩子的全职父母。他们的房子不会自动变大，他们也没有多余的钱来应对这重大的变化。孩子们在自己的家里目睹了父亲试图砍下母亲的头颅。这是一个血腥的、令人不安的犯罪现场，即使对于到场的经验丰富的专业人士也是如此。孩子们遭到的深刻创伤在很大程度上得由外公外婆独自应付。

孩子们的母亲在遭受了多年的情感操纵后离开了她的丈夫，一直打算搬到离自己家更近的地方。法官在审判结束的时候发表了意见，他认为这位丈夫属于极端危险的人，应该在监狱里待上很长一段时间。然而，在谋杀发生十一年之后，这个男子已经在一个开放式监狱[①]服刑，并被考虑释放了。外公外婆看着外孙们害怕极了，不敢独自上楼，也不敢独自待在屋子里，生怕他们的父亲会回来。在我看来，除非这个人的操纵问题得到了有效的解决，否则当他被释放也无人监督的时候，有极大的可能回到时间轴的第一阶段，对他的下一个伴侣实施危险的操纵。

有些操纵欲强的人会不止一次地经历这八个阶段。我一直认为我们永远不应当忘记 2016 年安杰拉·贝斯特被谋杀这件事。正如我在本书开头所提到的，安杰拉的长期伴侣西奥多·约翰逊三次经历了这八个阶段，杀害了三个伴侣。第一次是在 1981 年，他杀死了伊冯娜·约翰逊——他被法官形容成一位“受到折磨的丈夫”，被判过失

① 开放式监狱（open prison），指没有围墙、铁窗以及警卫看守的监狱，在与外部社会相类似的设施中对犯人进行职业技术训练，引导和鼓励犯人自尊自重、自责自律。开放式监狱收容的罪犯必须在封闭式监狱服完四分之三刑期；对于表现较好的初犯，刑期较短的，也可不经封闭式监狱直接投入开放式监狱。

杀人罪。约翰逊能够操纵别人对他的看法，只服了三年刑。随后在1993年，他以“减轻罪责[①]”为托词杀害了伊冯娜·贝内特。他被送往一家精神病院，并在两年后释放。2016年，他杀死了安杰拉·贝斯特；但这一次，他终于被定为谋杀罪，判处二十六年有期徒刑。这真令人出离愤怒。他能够杀害三名伴侣，而这些罪行甚至都不是秘而不发的。我们全都清清楚楚。

识别凶杀和自杀

研究发现，英国每周有四到十名近期遭受家庭暴力的女性自杀，另外还有类似情况男性的。2018年，首例针对导致自杀的过失杀人罪被定罪。贾丝汀·里斯由于前伴侣令人难以承受的可怕跟踪骚扰而自杀，后者因过失杀人、跟踪骚扰和情感操纵行为被判处十年有期徒刑。

家庭暴力和情感操纵导致的自杀是一个大问题，并且这个数字还没有被全部统计。同样地，由于各种原因，亲密伴侣凶杀案的真实数字也难以计算。有些案例被发现了，也有凶手对此负责，它就会被正式记录为凶杀案。其他的则没有被确认或记录。不幸的是，我见过太多的死亡，它们被记录为灾难、意外、自杀以及自然原因等等，这些都需要更多调查。所以，凶案的数字比我们想象的要高。想一想那个案子吧：一个女人在没完没了、持续了几天的暴力中被殴打致死。尽管她是在殴打中死去的，官方给出的死因却是GBH[②]，而不是凶杀。我见过她的家人，他们仍然在和警方、法庭、病理学家以及其他未能看到其中不公的人作斗争。这并不是说证据不存在，因为事实就是如

---

① 减轻罪责（diminished responsibility），即被告人不完全具备实施犯罪所需的精神状态，处于不完全精神错乱的情形中，可作为减轻对犯罪的惩罚或者降低犯罪等级的依据。

② GBH，Grievous Bodily Harm的缩略，意为“严重身体伤害”。

此。比如说，这个男人报了警，还自称："我觉得我杀了我的女友。"

从事此类案件的资深律师告诉我，即使在完整的司法尸体解剖中，病理学家也并不总是带着好奇心来寻找真相。结果可能大相径庭，这要取决于每个专家对情感操纵的不同理解。我曾亲眼看到有些法医和病理学家比其他人更善于质疑和探究。在一个如今已是臭名昭著的案件中，一名女子头部受伤，是在一个明显的犯罪现场被发现的，却被认定死于心脏病发作。病理学家拒绝考虑心脏病发作的背景，因此警方无案可查，尽管他们想要调查。那个打伤了头、可能引起了心脏病发作的男子在被判谋杀罪前又杀害了三名女子。幸好，总体而言，整个刑事司法系统的人对这一类犯罪的了解越来越多。一点一点地，情况在不断地改变，为此所作的探讨也在改变。

*

近年来，有两位男性名人在他们的伴侣去世之后占据了全球新闻的头条。其中一位是前美国国家橄榄球联盟球星 O. J. 辛普森（O. J. Simpson），另一位是南非短跑运动员奥斯卡·皮斯托瑞斯（Oscar Pistorius）。在这两起案例中，两个人都有严重的伴随暴力的情感操纵历史，都是公开可查的。在这两起案件中，公众似乎在是否相信他们有罪这个问题上有了分歧：辛普森和皮斯托瑞斯两人都被原谅了，得到了同情和辩护。他们的审判并没有直接以谋杀罪结束。

在刑事法庭上，O. J. 辛普森在谋杀前妻妮可尔·布朗·辛普森以及她的朋友罗纳德·戈德曼一案中被判无罪释放。随后，他在民事法庭上被判对他们的死亡负有责任。众所周知，辛普森有很强的操纵欲，曾经对妮可尔使用暴力；警方此前也曾接到报警电话，知道他在她死前一直在跟踪她。在逃脱了刑事定罪后，辛普森出版了一本名为《假如我做了：凶手的自白》（*If I Did It: Confessions of the Killer*）的书，对这一事件给出了他所谓的"假设"的描述——这是一件非同寻常又哗众取宠的事情。辛普森在民事法庭被判有罪后，法院决定这本书的所有收益都应归于罗纳德·戈德曼的家人，这样辛普森将不再从中获利。

奥斯卡·皮斯托瑞斯在二审后就被判谋杀女友利瓦·斯滕坎普，并且只被处以六年有期徒刑。他曾表现出对亲密伴侣占有、嫉妒、暴力和威胁的历史。他对利瓦·斯滕坎普生活的管理是强迫性的。他过去曾经用枪威胁过他的女友们，还曾把利瓦锁在他的家里。尽管很多人希望这些备受瞩目、全球都在关注的审判能够激发讨论，并且增强人们对情感操纵和家庭暴力的认识，但焦点很快从受害者这里转移到围绕被告的一些问题上，比如种族和残疾。

同样地，在如今已臭名昭著、发生于1974年的“幸运”鲁肯伯爵（“Lucky” Lord Lucan）案例中，他的失踪也掩盖了他极度的占有欲和操纵欲，以及在犯罪前一直在报复性地跟踪分居妻子的事实。

米克·菲尔波特①也是个声名狼藉的人：媒体对所谓的他在一个家庭里“有两个妻子”的猎奇是很要命的，而且那种“轻推轻搡”②的气息扼杀了有关两个“妻子”都遭到了可怕的情感操纵的讨论。人们对菲尔波特试图杀害前女友及其母亲的事情也没有什么兴趣。当时他捅了她们很多刀，那位前女友想要离开他。这次袭击使得菲尔波特被判七年有期徒刑，但他只服了三年多刑。菲尔波特和两个女子住在一起的情形也应当引起严重的关切，尤其因为有十个孩子和一个众所

① 米克·菲尔波特（Mick Philpott，1956— ），英国无业男子，依靠算计政府福利政策而过活。为领取补贴，他分别与妻子梅雷亚德·菲尔波特和情人丽萨·沃里斯生下多个孩子。2012年为了恐吓打算带着孩子走的情人，放火烧死了其中的六个孩子，被判无期徒刑，目前仍在服刑中。

② 轻推轻搡（nudge nudge），英国习语，指推了对方身体一下，以提醒注意所提及的有关性的双关语，有点类似于说“你懂的”。该习语出自英国电视喜剧《巨蟒剧团之飞翔的马戏团》（*Monty Python Live at City Center*），颇为流行。

周知的暴力且有操纵欲的男人住在一幢房子里。

2012年5月，其中六个孩子死于一场火灾，那是菲尔波特试图惩罚他的一个“妻子”离开他而点燃的，当时他想要让这看起来是她放的火。尽管政客们在死亡事件的前后都决心就菲尔波特的情况发表意见，但他们都没有谈及情感操纵；相反，他们在对谋杀所作的极不恰当的评论中谈到了所谓的“福利文化”。2007年，保守党议员安·威特库姆做了一件很出名的事，她为了拍摄纪录片《安·威特库姆对抗福利文化》（*Ann Widdecombe Versus the Benefit Culture*）与菲尔波特生活在一起，当时她最想灌输给他的观念是“找份工作”。或许是和菲尔波特达成了某种协议，他此前试图杀害两位女性的事情并未被提及。不过节目制作的重点并不在可怕的虐待和暴力上，把这个故事拍摄成有关情感操纵的而不是“钻福利空子的人”，本可以带来真正的好处。哈罗德·希普曼①是世界上杀人最多的凶手之一，也被指控有情感操纵和家庭暴力的行为。家庭暴力并不仅仅是两个人之间一连串的争吵——这是一种固定思维，也是沉疴痼疾般的危险的行为方式。

准确地描述和阐释这一类凶杀案，从而在今后阻止类似的潜在凶手，这是至关重要的。最近，我在和英国慈善机构“向上吧”（Level Up）合作，他们发起了一项运动，旨在制定有关报道亲密伴侣凶杀案的新闻行为守则。不负责任的报道会带来各种各样的后果，从误导公众对自身安全的认识，到受害者有罪，再到对无法发声的已故受害者所作的不必要也令人痛苦的诽谤。这项运动的成果是，如今有了一

① 哈罗德·希普曼（Harold Shipman，1946—2004），英国医生，十七岁时母亲因病痛去世，可能由于其母亲在最后的治疗阶段使用海洛因等镇痛，希普曼在执业后用海洛因杀害他的病人。有据可查的受害者约有二百一十五名，其中大多数为女性。希普曼被称为“死亡医生”，2000年被判终身监禁，2004年在狱中自杀身亡。

份指导方针，并且已经在 2019 年被主要的媒体监管机构 IMPRESS[①]（独立新闻监督机构）和 IPSO[②]（独立新闻标准组织）所采纳。[③] 看看这些守则有多么广泛地被遵循以及采用，将会很有意思。

---

① IMPRESS，Independent Monitor for the Press 的缩写。

② IPSO，Independent Press Standards Organisation 的缩写。

③ 我建议，对于这一类凶杀案的有失公正、有所误导的报道的投诉，应当始终以书面形式提交给相关出版物，尤其是因为我们现在有了一套可供监管者和编辑人员参考的守则。——原注

9

凶杀之后

凶杀并不是在案发当天就结束的。它是调查、验尸程序、审判，或许还有死亡审查的开始。孩子们可能会成为孤儿，受害者承受着难以想象的痛苦——可能还要加上凶手的家人。我的大部分工作都是在谋杀发生之后启动的。对于改变事件进程以及关于后果的探讨几乎与那些发现危险的迹象的讨论同等重要。

在谋杀发生后，操纵者一定会试图摆布和控制其他人对所发生事情的看法。多数情况下，他们对已故受害者的操纵仍会在死亡之后继续呈现。操纵者会不断地影响其他人对这段关系的印象：他们并不在乎受害者如何被人记住。他们会试图让受害者看起来对自己的死亡负有责任。这可能是通过种种谎言来达成的，比如说，受害者的性情、心理疾病、性生活、是否爱孩子等等。当经历了全部八个阶段时，操纵无所不在。

我最近打开了一封标记了“紧急”的邮件，是一名警方调查员发来的，请我查看一起悬案。在受害者死亡时，它没有被当作凶杀而记录在案，证据在这些年来逐渐显露，阶段模式的形成再加上新的证据，已经可以考虑实施逮捕了。我的工作就是查看案件历史以及评估凶杀的可能性，同时也会就询问嫌疑人和目击证人给出建议。越来越多的人向我咨询司法意见，有关亲密伴侣凶杀案，以及那些受害者仍幸存的高风险案例。这是一个积极的信号，表明受害者和施暴者复杂的行为开始被人们认识和接受。识别情感操纵不能只依靠“常识”；我们应当认识到这些行为是偏离常态的，值得仔细地研究。人们所了解的八个阶段时间轴越多，就会有越多的这类凶手被追究责任，我们就越有可能在最坏的情况发生之前保护受害者。

不仅仅是研究以及对情感操纵和跟踪骚扰更加细致的了解推动了观念的根本转变，还有那些因凶杀而失去亲人的家庭所发起的运动。许多最好、最有效的慈善机构和运动都是由失去亲人的家庭发起的，正如我所提到的：AAFDA（致命家庭暴力善后游说团体）是由弗兰克·马兰在茱莉亚·彭伯顿和威尔·彭伯顿被杀害后发起的；PAS（防止跟踪骚扰）是由特里西娅·伯纳尔在克莱尔·伯纳尔和拉娜·法鲁基被害后成立的；苏济·兰普卢信托基金则由家人在苏济·兰普卢失踪后创办；艾丽丝·拉格尔斯信托基金（the Alice Ruggles Trust）由苏·拉格尔斯和克莱夫·拉格尔斯在女儿艾丽丝·拉格尔斯被谋杀后开创；霍莉·加扎德信托基金（Hollie Gazzard Trust）由尼克·加扎德在他的女儿霍莉被害后创立；卢克和瑞安·哈特在他们的母亲克莱尔和姐妹夏洛特·哈特被害后发起了运动；SUTDA（反对家庭暴力）是蕾切尔·威廉斯创办的，她在被丈夫枪击后幸存了下来。再想一想其他失去亲人的人发起的活动：多琳·劳伦斯在失去儿子史蒂芬后做出的努力，以及希尔斯堡足球场和格伦菲尔塔遇难者的家属们的贡献。事实上，他们发起这些运动是万分艰辛的，但不幸的是他们必须去做。

某些人的命比另外一些人低贱，这种根深蒂固但往往是社会潜意识的观念成了许多运动的主线。比如，“黑人的命也是命”（The Black Lives Matter）运动就强调了这样的观念是如何也确实造成了一种环境，其中有些人不那么安全，而对他们施暴的人则比其他人受到了更好的系统保护。这是我们所有人都应当关心的问题，这不仅仅是因为在谁更重要这一点上我们经常以为自己更优越，而实际上并非如此。当涉及来自伴侣的暴力、凶杀或性虐待的指控时，妻子和女友的地位是相当低下的：研究发现，作为家庭暴力的受害者，与施暴者或凶手生活在一起的女性地位最低。女性作为一个性别阶层的地位比我们大多数人想象的要低。

受到操纵的男性也会发现他们在受害者等级中是下滑的，尤其如果他们是同性恋，或者发现他们在使用暴力防卫的话。男性也常常以为他们所处的危险比可能面临的要小：西蒙娜的丈夫亨利就证明了这一点。我们下意识地指责受害者，并且试图对这种罪责有所共情。除了少数几个一意孤行的凶手，这对任何人都没有帮助。

正如我们所看到的，孩子通常也是受害者，但大多数都未能发声，他们背负着终生的创伤。我曾经审查过一个案例，受害者十七岁的孩子介入了一次殴打，并杀死了施暴者。在尚未成年的十七岁，他就被法庭指控犯有谋杀罪。这个案子的陪审团判他无罪，但这将是这个年轻人余生都要背负的东西。没有人能保证情感操纵的后果会如何，谁会在施暴者的行动中受到伤害。

审判和调查发生在凶杀案之后，正是查明真相和缘由的机会。但对家属来说，这是令人恐惧也是徒增烦扰的事情。我最近参加了两个调查，这两起案件都令我失望不已。其中一个案件，掌握了可供呈堂的相关资料的机构由大律师代表，并且他们有五个人。那个受害者家庭则没有律师，他们连一个也请不起。在第二个调查中，有八名大律师来代表机构，而这家人又是没有钱来支付这种援助的。在这两起案件中，大律师都主张反对信息公开、反对家属询问，也反对家属作证。在任何情况下，这都不可能被看作是公平公正的，也不可能揭开案件的真相。情感操纵有时候极难辨别，如果还有盘根错节的法律争论进一步阻碍了证据的发布，整个过程就会变得毫无效率，也不符合我们的目的。

我一直在运作一个名为“看不见的凶杀”的项目。我们正在按照八个阶段的模式，调查那些没有被当作凶杀来调查、起诉或记录的突然和意外死亡。这一类案件远比你想象的要多，经常有来自世界各地的失亲家庭和专业人士来联系我。这个问题并不仅仅局限于英国。根据我的经验，这些突然的死亡常常被简单地评估为没有疑点，即使存在明显的可疑证据，并且家人也主张进行调查。在这类案件中，有些花费了数年的时间才有所推进，警方不得不重新调查，其中有些案件推翻了最初的结论。让这些家庭心碎的是，看到嫌疑人可以逍遥法外，竟然还能继续对他们下一个伴侣施加暴力。至少在我看来，如果存在情感操纵或家庭暴力的历史，突然和意外的死亡就应当被调查。

在我看过的一个案例中，有一名年轻女性被发现死亡。她原本打算离开，身边都是包和手提箱。她的伴侣有家庭暴力的历史，说她是不小心用床单勒死自己的。在另一个案例中，一名女性被说成自己捅死了自己，尽管有一名目睹了事件的儿童做了不同的陈述。还有一个案例，受害者已经离开了她格外暴虐的伴侣，正在躲避他，却被发现在伴侣的卧室里死于超大剂量的非法药物过量。她没有吸毒史，而伴侣说过他打算杀了她，让她看起来像是吸毒过量。家庭暴力、侵犯和情感操纵在意外死亡中的作用常常被认为是无关紧要的，这必须改变。

情感操纵会扩散到法庭上或者调查中，这个想法也令人深感不安。有一个很能说明情况的案例：六岁的埃莉·巴特勒被她的父亲本·巴特勒杀害。在审判中，埃莉的母亲詹妮弗·格雷支持了她的丈夫。没有人理解她为什么会站在他一边，在两次不同的审判中都包庇了他，为他撒谎。

我将要谈一谈这个案例，谈一谈在法律系统中认识到情感操纵的重要性，比如詹妮弗·格雷和去世前的埃莉·巴特勒，她们两个都遭受了情感操纵和暴力。还要谈一谈这种虐待在审判中可能产生的影响。

本·巴特勒

本·巴特勒被判在女儿只有几周大的时候对她进行了残暴的殴打，致使她头骨骨折，因此他和孩子母亲理所当然地被剥夺了抚养权。

巴特勒似乎感到耻辱，而不是悔恨，他决心要挑战这个判决，重新取得监护权。这可能并不是因为他是一个慈爱的父亲，而是由于他有很强的操纵欲，必须赢得他与健康服务中心和法院的斗争。而他确实赢了。他玩弄司法系统和专业人士于股掌之间，以至于他们撤销了对他的定罪，把孩子交还给他抚养，并明确地表示他的品格不应沾有任何污点，他是司法冤案的受害者。他清楚他侥幸逃脱了，他的妻子也很清楚。

殴打发生后，不到一岁的埃莉被交给了祖父母来照顾。这个小女孩只认和他们在一起的生活，但尽管如此，她还是回到了她的父母身边。

起初，巴特勒打赢官司的时候，他看起来像一个英雄，一个被司法系统冤枉的人，一个排除万难只为夺回孩子抚养权而奋斗的人。巴特勒重夺了他的地位——还不止这些。他和伴侣詹妮弗也就是埃莉的母亲，一起出现在电视节目中，讲述他的胜利，还有鞭策他奋斗了五年的不公正。不过，就在那次胜利后不到十二个月，小埃莉死了，巴特勒再一次殴打了她，她死于头部的致命伤害。

这起令人震惊的凶杀案牵动了全国人民的心灵和良知：巴特勒杀害埃莉的审判被广泛地报道。他对自己第二次击败司法系统的能力充满了信心，自己为自己进行了辩护。在场的人告诉我，他把法庭当作了个人舞台。他表现得像一位节目主持人，他似乎沉浸于充满对抗性的诉讼之中，也陶醉在胜利和夺回控制权的那种诱惑中。他告诉陪审团，他是不公正的牺牲品，他受到司法系统的迫害。

巴特勒似乎是一个自恋、令人极度不快的人。一旦你意识到并接受这一点，危险就更容易察觉了，他会杀了埃莉也就不足为奇了。所以为什么没能早一点发现呢？如果可以的话，小埃莉或许还活着。

埃莉两次遭到毒打时，詹妮弗·格雷已经嫁给了巴特勒，并且和他生活在一起，但两次都不在现场。然而，她确实在帮助巴特勒尽力掩盖殴打的事实，还作为共同被告在谋杀审判的法庭上站在他的一边。她不愿意陈述不利于他的证词，而是描绘了一幅他们在一块儿的图景——经过一番姗姗来迟的查核之后，被发现全都是谎言。

这不是一件亲密伴侣谋杀案，但它可能会是——格雷的风险相当高。对埃莉的殴打发生在暴力的情感操纵背景下，巴特勒经历了八个阶段。甚至在第一次伤害埃莉之前，他就已经处于八个阶段时间轴的第一阶段了，因为他有因殴打被判刑的前科，包括家庭暴力和随意地攻击他人。耐人寻味的是，他和詹妮弗·格雷的关系开始得非常迅速。他们在一家小酒馆相识，不到八个星期她就怀孕了。在二审中出现的家庭暴力和情感操纵的证据也表明他处于第三阶段。即使面对强有力的反面证据，格雷还是不承认有虐待行为。她支持他的说法，即他是一个好父亲，他并不暴力，即使他们的女儿死在他的手上。

人们提出疑问：一个母亲到底为什么会有这样的行为？这是一个合理的问题，应当在两次审判中都加以更为严肃的考虑。尽管我下面对情况的分析可能会令人不忍卒读，但重要的是要看到埃莉的母亲身陷的困境。我并没有试图为她辩护——根本不是这样——但我确实考虑到了巴特勒的操纵和暴力所造成的极其恶劣的、令人崩溃的影响，使得家里的每一个人都面临严重伤害的风险。

*

法庭上出示的证据表明，通过格雷和埃莉所遭受的暴力，情感操纵达到了骇人听闻的程度。短信、日记和网络搜索都说明了这种虐待的存在。以下是法庭上披露的，在埃莉被杀害之前，格雷独自一个人时在互联网搜索引擎上键入的三条信息：

我的丈夫是一个恶棍，他打我，还说我又丑又胖，无时无刻不在伤害我。

我真希望我死了，他伤害我至深，我无路可逃。再也没有人真的在乎我了。

迫切需要神奇的咒语来阻止他伤害我，让他后悔。

格雷显然感到孤独无依、绝望无助。她甚至沦落到要搜索神奇的咒语来试图改变状况的地步了，这也意味着她被隔绝在其他那些更为常见的救助系统之外。情感操纵故意地孤立受害者，往往会切断联系，不让他们接受外界的影响和帮助。

我读了格雷和巴特勒之间数以百计的短信往来，巴特勒还以为这些都被删光了。并不需要高超的司法鉴定技巧就能看出其中的残酷无情。格雷在法庭上说，这些短信不是恐吓，只是他表达自己的一种方式。明白无疑的是这些短信类型的一致性。巴特勒自始至终都在恐吓、辱骂和控制；格雷自始至终都在道歉、安抚和绝望。这些短信不是简单的争吵：它们显示出残酷的支配和服从的模式。这数以百计的短信的庞大数量表明，它们不是莫名其妙的吵架，而是这段关系维系的方式。

我选择了一些短信来佐证我的观点。它们并不是最糟糕的：我特意选择它们来展示一遍又一遍的重复的短信类型。

巴特勒：带着埃莉到大街上待着吧。你不会回来这里的……我要废了你，婊子。

格雷：我浑身发抖，哭个不停。你太可恶了。我不是在唠叨。你变得太可怕了，让人难以忍受……我真的在努力表现给你所有好的一面，你想要的那一面。

格雷被迫到大街上待着，有时候和刚蹒跚学步的埃莉一起，因为她惹恼了巴特勒；有时候会整夜地给关在外面。这些短信说明了她在尽力安抚他。他已经操纵了法庭，让他们以为他是一个模范父亲，而格雷也亲眼看到了他在这个过程中发挥的巨大作用。他已经向她证明了，他可以打败这个司法系统，他可以赢得抚养权之战。第一次审判之后，媒体把他描绘成一个英雄，人人都站在他这一边。在某种程度上，通过恳求和安抚他，她可能会觉得她在设法保证自己和孩子的安全。短信和互联网搜索都是有关殴打和伤害的，而埃莉死后被发现有陈旧的创伤性骨折。

格雷在互联网上的搜索：外伤引起的左侧头部巨大肿块——头部起肿块的症状和护理。

巴特勒：我回来的时候你就死定了，你个渣渣。

格雷：我现在就告诉你，我在听你的。这种事不会经常发生的，本。请别这样离开我。求你回来。

在这一点上，人们或许会问，她为什么不直接离开呢？但是我们也要问一问，如果他这么讨厌她，对她感到腻烦，他为什么不离开呢？他——一个确实有能力离开的人，也并没有生活在恐惧之中——为什么不离开呢？这是因为他的侮辱和恐吓并不是想摆脱她，它更像是把她套牢在他身边的一个手段。

巴特勒：要么取消你的理发（预约），要么把你的娃一起带去，反正我不会照看的。给我滚你妈的臭婊子。

乍一看这些短信，格雷似乎可以带着孩子去某个安全的地方——不管怎么说，她为什么非要他来照看孩子呢？我们需要对此进行更多的解读。利用儿童的后果往往是可怕的，抚养权听证会可能会把孩子逼到一个危险的境地，而这一点似乎只有受害者意识到了。巴特勒已经赢得了最艰难的一场抚养权听证会。格雷一直站在他这一边，安抚他，很有可能是为了至少在一定程度上保护她和孩子的安全。她恐怕很害怕他会杀了她或者孩子。显然，事实正是如此。由于格雷在第一次审判中为他作证，并且撒了谎，她在以后的听证会上所说的任何证词都会受到质疑。她可能真的很担心他会取得抚养权。她走投无路了。这只是操纵之网的复杂拼图的一小块儿。但正如我在第一章所讨论过的，我们不应当就去假设，情感操纵和家庭暴力的受害者在类似情境下的行为不同于任何理性的人。

格雷：我甚至没有什么想法……我希望你能明白，我没想要让你难堪。我穿成这样是为了带孩子外出。你出来的时候我就不会这么穿。

巴特勒：你他妈的让我看起来什么样子，你死吧，你个婊子，我气到发疯，你这个十足的婊子。

这些短信跟我们在罗恩和萨达身上所看到的类似。巴特勒让格雷对他在公众面前的感受、对他心目中被人看见的样子负责，还让她不仅对她自己的行为也要对别人的行为负责。她要对任何有损他自尊和地位的事情负责。

巴特勒：该做家务了。整个厨房、卫生间、墙壁、地板，最后是卧室。

格雷：好的，没问题。

巴特勒：先打扫楼上的厕所，然后是你的房间。我们不在一块儿，要打扫完，不然我就干翻你，婊子。

巴特勒命令格雷打扫房子。家庭暴力通常集中在典型的女性承担的角色或者对女性的期待上，类似于做家务、照料幼儿、恪守妇德或者满足性欲上。在这个例子中，如果她没这么做，或者没做到他满意，就会有暴力的威胁。而我们知道她经常遭到殴打和伤害。

格雷：这很美，很性感，也很棒，然后你用头撞我，就好像我不是一个女人。第二次我照你说的做了。你又让我喝多了。

巴特勒：给你最后一次机会，如果你做错了，你就到大街上去，好好反省。

这一短信揭示了可能存在的性暴力：格雷试图扮演某种特别的情色幻想，当她做错的时候，巴特勒一头撞到了她的脸上。她还说他让她喝多了。在情感操纵中，怂恿、操纵或强迫受害者饮酒或者服用非法药物，这并不罕见。这会让受害者变得脆弱不堪，不仅仅是有碍他们的健康，还影响到了人们对他们行为举止的看法：比如，如果邻居或者其他人看到他们喝醉了或者喝高了，这会显得他们像是很糟糕的父母。这还能极大地操纵他们的行为。我曾经见过有证据表明是受害者被迫吞下毒品或者酒精而死亡的案例。

萨达也在日记中谈到了罗恩的性行为。她提到她必须把性幻想展示出来，这让她不安，尤其她正处于产后恢复的时候。

在下面的短信中，格雷住院了，病得很厉害。她没办法离开医院，回家照料孩子。巴特勒对此大发雷霆：他并不想照看孩子。他毫不在乎她的痛苦，他既没有同情心，也没有同理心。

格雷：我在医院里，我的心都碎了，被你给毁了。我两天里只睡了半个小时。我肿得更厉害了，下巴张不开。感染已经在我脸上扩散开了。我在打点滴。我不能吞咽，我的气道肿了。

巴特勒：你绝对逃不掉的。把孩子扔给我。所以这次你又别想回家了。什么母亲啊。我的天，我很高兴，因为你不会再犯了。再见吧，你让人丢脸，我希望你知道一切都结束了。你没人要了。

巴特勒：要是哪一天你又让我失望了，要是这个清单没有完成，或者哪一天的日记没有写，我就会永远地把家搬走。这会给你带来一个非常非常要命的结局，不过你不会在乎，这就是你为什么不长记性的原因。要是你母亲再惹是生非，要是你再跟我说奇奇怪怪的话，我就会狠狠地揍你一顿。要么让我看到你可以成为我想要的人，要么你就等着灭顶之灾吧。

巴特勒威胁说，要是格雷的母亲惹是生非，他就要揍她。他又一次要她为别人的行为负责。

同样地，他也提到了格雷必须遵守的日常规矩。有很多清单要遵守，并且格雷必须写一份他能看到的日记。刻板规矩在这里出现了。在那些日记里，格雷可能会讲述一段完美的关系，还有巴特勒有多么好，如果以后她离开他的话，这将可以为他所用。这些都会成为他在任何法庭听证会上或其他想要赢的斗争中可以使用的证据。它们会推翻她可能提出的虐待指控。一些有操纵欲的人说过，他们会特意地维护虚假的社交媒体页面，只为了让他们的关系看起来“完美”。

在情感操纵的情形里，唯一真实或者重要的日记是那些操纵者看不到或者不知晓的日记。在萨达的案例中，有这样一本日记——就是我读的那一本。巴特勒多半认为，他和格雷之间的短信一旦被删除就永远无法恢复。他错了，我正在读。

巴特勒赢得了战斗，让埃莉重回他的监护和控制之中的那一天，就是他向格雷展示他权力有多大的一天。他的傲慢得到了满足，他认为自己是不可战胜的。更重要的是，他向埃莉和格雷传递了一个信息，那就是他比整个系统、警察和法院都要强大。如果你感到害怕，警察和法院可能是你唯一的逃生路径，而在这个案件中，这条路径已经对格雷完全切断了。当他再次殴打埃莉，导致这个小女孩死亡时，格雷或许是一个吓坏了的女人，但她同时是一个不相信警察、法院和社会服务机构可以打败施暴者的人。

在整个审判过程中，格雷一直在为巴特勒说话，每个人都把她当成能想象得到的最糟糕的母亲。许多人说她应该保护埃莉。讽刺的是，至少在某些方面，她可能认为自己是在保护。

刑事司法系统迫使格雷永远不能说出有关巴特勒的真相，这使得案子的情况变得更加复杂。在法庭上，她作为共同被告坐在他的身旁。不单单是他的近在咫尺吓坏了她，她或许还相信他能够第二次战胜这个系统，而一旦他做到了，她就必须回到他那里。如果她在法庭上不忠诚，如果她违背了忠诚法则，他就会实施报复，而她十分清楚他的报复可以多么危险。巴特勒在为自己辩护时很是装腔作势、傲慢自大，就好像人人都在照他的规则玩，这会强化那种习惯性的恐惧。

保护格雷不受巴特勒的伤害并不是与她站在一边，也不是同情她，而是创造一个环境，让她有更大的可能提供和揭露可以给他定罪的证据。

格雷与暴力相联系的蛛丝马迹，其他人是看不见的。可悲的是，在这种情况下，要想她公开说出真相的可能性微乎其微。格雷需要巴特勒以外的保护；她需要与他彻底地分开；她需要确信他会一败涂地。我说这些并不是为了给格雷辩护。我说这些是为了说明情感操纵是如何运作的，以及整个系统是如何实际上帮助了巴特勒来控制他的妻子和孩子的。这个系统未能减少恐惧；它显示出对威胁的不了解，反而增加了恐惧。那个法庭是巴特勒感到游刃有余的地方，甚至备受鼓舞。格雷待在她不愿意待的地方，做着她不愿意做的事情。这就使得权利的天平很大程度上倾向了巴特勒之手。结果，巴特勒输了，他和格雷都被判有罪。

这个系统两次都未能有效地对情感操纵做出反应。情感操纵的证据就在那里，在埃莉被杀害前就存在了。从某方面来说，巴特勒的操纵和暴力并没有得到重视，或者说没有被察觉。他的行为模式和风险之间并没有联系。这就是为什么理解情感操纵和家庭暴力的动机是如此重要的原因。

审判并不会提点我们该去关注什么，它们只会呈现理想化的、看似合理的叙事，只为了赢得一场对抗性的较量。为了防止未来的死亡，我们需要去看一看其他的流程，那些能更好地揭示我们需要什么样的程序。

家庭暴力审查

最近有一项很重要的革新是家庭暴力审查（DHR）。这是由若干机构联合进行的独立审查，针对可能是由家庭的虐待、暴力或忽视所导致的突然死亡。作为2004年颁布的《家庭暴力、犯罪和受害者法案》（*the Domestic Violence, Crime and Victims Act*）的一部分，自2011年4月13日起，地方政府就有了进行这些审查的法定要求。在内政部为实施这些审查制定的指导意见中，有一项是从受害者的角度来看待事情，并且让家属也参与到这个流程里来。这使得那些进行审查的人有了更多的能力去探索真相，而不需要依靠辩方的陈述、向警方报告的内容以及犯罪者的立场。

我曾在本书中数次提及弗兰克·马兰和他的慈善组织“致命家庭暴力善后游说团体”，这是因为他们在引入家庭暴力审查中起到的核心作用。弗兰克的妹妹茱莉亚·彭伯顿和她的儿子威尔被害一案是英格兰和威尔士第一次非官方的家庭暴力审查的主题：彭伯顿审查是公开可查的，而非匿名的。2008 年，也就是在谋杀发生后的五年所做的审查，为如今我们的审查以及公众和专业人士可获取的知识铺平了道路。从他们开始，已经发布了约八百份审查报告。

我主要负责并撰写了其中的一些审查报告，在某种程度上，每一位主审都有他们自己的方法。有些人比其他人更关注受害者，但如果没有这些审查，就很难开展八个阶段时间轴的研究。在多数情况下，对于一段关系的历史以及受害者和凶手生活的经历，这些审查都提供了关键的细节。正是通过对这些故事的讲述，模式和危险的迹象得以揭示，并且模式是如此显而易见，我们再也不能否认它们。我们需要了解现实，从而保护未来的受害者，并且揭露迄今为止我们以为风险不高的行为和模式——如果存在风险的话。

通过更好的信息收集，大量的资讯变得公开可查——一部分经由死亡审查而来，一部分则来自一些个人项目，比如“统计死亡女性”网站。还有一些开展的运动，它们增加了量刑的权利，引入了新的立法，并且为记者制定了行为守则。八个阶段时间轴也是这项工作的一部分，还有所有的由各地专业人士和研究者所做的工作。我们正在改变对此的共识：我们已经确定，家庭暴力和凶杀不只是人们吵架和发脾气；它们有一种可识别的司法鉴定的模式，就像连环杀手和杀人狂魔一样。是时候考虑把操纵和施暴者视为威胁了，我们应当郑重以待。

在与失去亲人的家庭一起工作的过程中，我一遍又一遍地听到的最悲伤的话是“我真希望我们早点知道”。知识就是力量。

后记

最后的话

我女儿遇到过一个有操纵欲的自恋狂。她还非常年轻，很快就和朋友以及家人隔绝了。我眼睁睁地看着她从一个开朗、上进的人变成了确诊的抑郁症患者，遭受了严重的心理创伤，丧失了动力。她失去了所有的朋友，离开了大学，失去了工作和住处。她想要为他辩护，和每个人都吵翻了。

数不清有多少次，她在凌晨哭着给我打电话，然后我会去大街上接穿着睡衣的她：有时候带着伤，有时候只是提心吊胆的样子。我还记得有一天晚上驱车五十英里去接她。警方经常接到报警，她被列为有遭受严重伤害可能的高风险人士。这已经持续了两年。

任何人都可能落入情感操纵的陷阱。我之所以分享这个故事，是因为这很重要，它表明我不是生活在象牙塔之中，事不关己地给出建议。它与我休戚相关，而我则发现自己鞭长莫及。尽管我是这一领域的专家，但个人却处于不断升级的高风险暴力案例的中心。这是一次发人深思的经历。她是我的女儿，我想要保护她；我想要她离开他；我也想要他受到惩罚——这是任何父母都会有的那种人之常情。但我太了解情感操纵了，所以我意识到，不可能仅仅因为我想要，就能指望得偿所愿。这更可能是一场持久战。

这段时间里，我不得不重新调整我和女儿的关系：不再是简单的亲子关系，我可以让她做这做那；我需要始终如一、稳当可靠并且值得信赖，样样与他相反。我必须和气、坚强并且百般包容。我不得不勉为其难，比如我沮丧了、生气了，或者想哭的时候都不能表现出来。这都是为了用上我仅存的影响力，好保证女儿的安全，并在时机成熟的时候提供一条后退之路。有时候我就好像是救命稻草，特别是，我是唯一想要紧紧地抓住她的人。这并不是说其他人不在乎，他们确实在乎，但他们感到沮丧，他们认为自己无力帮助她、影响她，也不能阻止他。

出人意料的是，究竟有多少影响力可以在隐约之间维持下去。就像恐惧一样，影响力以不可思议的方式发挥作用。仅仅因为一个人没有如你所愿地离开施暴者，并不意味着你没有影响力。影响力不会是专断的、有条件的“否则就怎样”，它就像是攻击施暴者恶意操纵的抗体，会削弱他们的力量。我也强烈地意识到，唯一能绝对保证女儿安全的就是那个对她施加暴力的人。他可以决定是否或者何时伤害她。他可以决定是否停止。她一心一意围绕着他转，只关注他想要什么，这是完全可以理解的。

好消息是如今她已经走出困境。而不出所料的则是，他试图让她回去，不过她忍住了——她想要反抗。她有了新的生活、新的自信，还有新的朋友。

在那两年里，对我女儿暴力相加的人并没有遭到质疑，并且他基本上没有感觉到来自警方的压力：似乎他不必承担任何后果。就像文森特和德温一样，他可能因此相信社会是默许他的所作所为的。此处有一个很明显的例子：有一天，我和女儿一起坐在车子里，她接到了他从警方拘留室打来的电话。他是因为另外一件不相干的事而被捕的，我清楚地听到了吼叫声和威胁声。我能从女儿那苍白、满是泪水的脸上看到她凄惨无助的恐惧之感。他能从警局的一间拘留室里打出充满侮辱和威胁的电话，这表明了他的自信——当局以及其他了解情况的人不会找他麻烦，也不会批评他。

我们的社会只要稍加努力，就能改变对此的共识，并且让这些有操纵欲的人认识到他们的行为是不可接受的。我们都需要指出这种行为。正如我在研究中发现，这些人对他们的伴侣和孩子，对受害者的家庭，对他们自己的家庭，对他们的下一个受害者，以及任何可能妨碍他们的人，都充满了威胁。这不是私事，也不完全是警方的事。停止为施暴者那些操纵和以自我为中心的模式提供借口和理由，符合我们所有人的利益。识别出有操纵欲的人，是把他们可能造成的危害降低到最小程度的一大步，但他们中的大多数人还不为警方所注意。我们必须小心，在我们的媒体、法庭、政治和社会生活中，无论他们是谁，我们在任何层面都不能与他们站在一起。这么做只会纵容他们。

只要共识开始改变，实践也会随之改变。事情已经开始向前发展了。在英国，如今情感操纵已经是一种刑事犯罪。我们对它在凶杀案中所起的作用有了更多的了解，人们也更容易认识到它，以及它与风险的相关性。警察、缓刑监督官员、心理学家、精神病学家、社会工作者和其他专业人士都开始更好地识别它。如果有人被控制、跟踪或暴力对待，无论他们是谁，都可以求助于服务机构，比以往任何时候都更能获得保障，得到支持、理解和救助。

幸运的是，并非所有的施暴者都经历了八个阶段凶杀时间轴。只有一小部分的人会走到杀人这一步，但已经有够多的人值得我们去关注了。大多数人会到达第三阶段，然后进入第四或第五阶段。有很多人在第五阶段突然转向，整个阶段就在另外一个受害者这里从第一阶段再次开始；或者他们恢复关系，受害者回到第三阶段。不过，回到第三阶段对受害者来说并非好事：他们的生活，还有被牵连的孩子的生活，都是受到限制的；他们往往感到焦虑、紧张而痛苦，遭受残酷的对待和伤害。

“凶杀时间轴”最积极也是最振奋的特点是，当事情不对劲的时候，它会醒目地显现，在每一个阶段都提供了阻止进程的机会。我在每个阶段都曾经见过踩下刹车的情况，即使在第八阶段的紧要关头。如果我们有决心和想象力，可以为每一个阶段都创造出干预措施。那些生活在情感操纵之中或与之共事的人将更容易想出新的策略。让我们不要忘记，许多专业人士也是受害者。

有确切的证据表明，家庭暴力或情感操纵的历史是一种风险征兆，预示了其他各种各样的犯罪。操纵行为并不总是局限于亲密关系。

最大的一个障碍是既视而不见，也拒不相信。当我们开始意识到操纵是危险的，当我们改变对此的认识，甚至开始对话，这将开启真正有力的变革。如果我们能把家庭凶杀案看成是不可接受的以及令人憎恶的，那么我们就不再会为它辩护了。

八个阶段的模式正在产生巨大的影响：它让我们可以推翻和挑战那些陈腐守旧的神话。我们有能力改变这一切。

译后记

他（她）们并不在我的朋友圈。

不单单是指书中提到的那些触目惊心的例子：在英国平均每周有两名女性为她们的伴侣所杀害，在美国平均每天有三名，在墨西哥平均每天大约有五名，而在南非大概平均每三小时就有一名女性被害……

这些都有点遥远。我想说的是，自从开始翻译英国法医犯罪学家（Forensic Crimindogist[①]）简·蒙克顿·史密斯的《致命爱人》之后，我忽然发现类似的、从前多少有点视而不见的新闻突兀地进入了视野。因为这些有关亲密家人的凶杀新闻几乎不在头条，也因为其主人公往往是某姓某名地隐去了真实身份，它们就好像没有那么触动。但它们确实存在，就发生在我们的生活中，并且每一次报道都有生命在逝去，无可挽回，也令人痛心。

这些事件、悲剧、灾难，有可能被阻止吗？他（她）们都不在我的朋友圈，我了解这些有意义吗？或者，就像作者本人偶尔也会为人质疑——是不是因为她从事这项工作，所以她过度紧张，乃至于草木皆兵了？

我们看起来正在进入一个普遍具有同理心的时代，每当惨绝人寰的案件发生，我们会体谅犯罪者窘迫的人生，觉得那人也是逼不得已的环境所造就的，有些则是出于一时冲动的激情谋杀。但在作者简·

蒙克顿·史密斯看来，由于受害者的声音因为死亡而消失殆尽，我们往往因此不能洞见其中隐含的情感操纵，而真相本可以帮助我们避免悲剧。

在《致命爱人》一书中，简·蒙克顿·史密斯通过对四百多起亲密伴侣凶杀案的研究，发现凶手虽然不会像该隐一样有明显的记号，但大多数施暴者都有精神病态般的控制欲，并且大多数犯罪存在一定的模式，其实是有迹可循的。这也意味着，如果我们能够早一些识别这些迹象，惨案本可以被制止。她提出了凶杀的八个阶段时间轴，在每一个阶段都有明晰的指征来帮助我们判断是否已经不知不觉地陷入了某种情感操纵的困境。

这八个阶段的特征不仅仅可以帮助警方或者法律等专业人士判断案情，它像一本实用手册，也可以用来保护生活中的我们。比如，在第一阶段对情感操纵历史的追踪中，“渣男”伦尼是如何在酒吧里搭讪玛西的：他怎样使用话术来试探，同时相当轻松地获得了对话的主导权，决定了女孩喝多少、可以坐在哪里，又在不经意间就定了下一次约会……他行使诱骗的话语普通得令人心惊。又比如在第二阶段“旋风般的承诺”中提到的对“一见钟情”的警惕：“人们倾向于迅速地进入一段关系的主要缘由，是因为他们觉得自己坠入了爱河。感情越激烈、越缠绵，爱情就降临得越迅疾。”然而，过于迅疾的感情，往往预示着一段亲密关系中的不正常，“速度”有时候正是情感操纵者实施控制的帮凶。还有第三阶段中对家庭里刻板规矩的识别，可以帮助我们更早地敲响警钟。无论在哪个阶段，在简·蒙克顿·史密斯看来，我们都有机会踩下刹车。

感谢我的中学同学黄霈萱，她是一名优秀的律师，多年来一直往

① 法医犯罪学家的工作重点是研究犯罪心理、确定犯罪动机。他们通常在犯罪现场协调调查，通过收集物证、研究犯罪概况来了解犯罪的行为。

来国内外生活、工作，对我遇到的疑难问题，尤其是准确地翻译法律术语给予了很大的帮助。也要谢谢苏格兰姑娘李茜茜（Francesca Leiper），解决了一些我百思不得其解的难点。我们都觉得翻译很有意思，也很有意义。在翻译中，我莽撞地把曼彻斯特大学教授多巴什的名字看成了日文“土桥”（Dobashi），并且在搜索图像的时候还觉得他的确有点像东方人，幸得他耐心回邮件解疑，并且告诉我他的名字恰与一种捷克斯洛伐克的巧克力蛋糕同名，这算是翻译中的趣事。还要谢谢上海译文的编辑们，正是张吉人老师对非虚构图书出版的志趣和眼光，以及责编范炜炜细致的工作，让这本书的中文版得以面世。

在对《致命爱人》的翻译收尾的时候，我刚好看到了艺术家冈萨雷斯-托雷斯（Felix Gonzalez-Torres）在1990年创作的作品《无题/死于枪击》（*Untitled/Death by Gun*）。冈萨雷斯将美国一周内死于枪杀的四百六十人的头像印刷在一张海报中，堆放在美术馆内任人取走。那么多的普通人，那么多的名姓，那么多的人生，就全包括在那薄薄一页纸中了……既轻，又重。我不禁想到，当我们对世界怀有善意的时候，也不可忘记“恶”随时有可能发生。我们都要学会保护自己。

Jane Monckton Smith
In Control: Dangerous Relationships and How They End in Murder

图字：09－2021－783号

图书在版编目(CIP)数据

致命爱人 /（英）简·蒙克顿·史密斯（Jane Monckton Smith）著；尹晓冬译. —上海：上海译文出版社，2022.9
（译文纪实）
书名原文：In Control: Dangerous Relationships and How They End in Murder
ISBN 978－7－5327－9042－5

Ⅰ.①致… Ⅱ.①简… ②尹… Ⅲ.①纪实文学—英国—现代 Ⅳ.①I561.55

中国版本图书馆CIP数据核字(2022)第120345号

致命爱人——家庭凶杀案中的两性关系
[英] 简·蒙克顿·史密斯/著　尹晓冬/译
策划编辑/张吉人　责任编辑/范炜炜　装帧设计/邵旻　观止堂_未氓

上海译文出版社有限公司出版、发行
网址：www.yiwen.com.cn
201101　上海市闵行区号景路159弄B座
上海普顺印刷包装有限公司印刷

开本 890×1240　1/32　印张 6　插页 3　字数 126,000
2022年9月第1版　2022年9月第1次印刷
印数：00,001—10,000册

ISBN 978－7－5327－9042－5/I·5621
定价：48.00元